[日] 小路幸也 著
Yukiya Shoji
吴季伦 译

东京下町古书店
東京バンドワゴン
第 4 卷
番外篇·
背负天皇密令的
华族之女

上海三联书店

图书在版编目（CIP）数据

背负天皇密令的华族之女：番外篇/（日）小路幸也著；吴季伦译 —上海：上海三联书店，2015.9

(东京下町古书店)

ISBN 978-7-5426-5307-9

I.①背… II.①小…②吴… III.①长篇小说—日本—现代 IV.①I313.45

中国版本图书馆CIP数据核字（2015）第205483号

本简体中文版翻译由台湾野人文化股份有限公司授权。

MY BLUE HEAVEN by Yukiya Shoji
Copyright © 2009 by Yukiya Shoji
Simplified Chinese Translation Copyright © 2015 by Shanghai Limpid Stream Media Co., LTD.
All rights reserved.
First published in Japan in 2009 by SHUEISHA Inc., Tokyo.
This Simplified Chinese edition published by arrangement with Shueisha Inc., Tokyo in care of Tuttle-Mori Agency, Inc., Tokyo through Bardon-Chinese Media Agency, Taipei.

番外篇·背负天皇密令的华族之女

著　　者 / [日]小路幸也
译　　者 / 吴季伦
责任编辑 / 陈启甸　陈马东方月
特约编辑 / 马健荣
装帧设计 / 王小阳
监　　制 / 李　敏
责任校对 / 周广宏
出版发行 / 上海三联书店
（201199）中国上海市闵行区都市路4855号2座10楼
网　　址 / www.sjpc1932.com
邮购电话 / 021-24175971
印　　刷 / 江苏常熟市兴达印刷有限公司
版　　次 / 2015年9月第1版
印　　次 / 2015年9月第1次印刷
开　　本 / 890×1240　1/32
字　　数 / 109千字
印　　张 / 10
书　　号 / ISBN 978-7-5426-5307-9/I·1065
定　　价 / 28.00元

敬启读者，如发现本书有印装质量问题，请与印刷厂联系0512-52381075

登 场 人 物

五条辻咲智子	五条辻政孝子爵的长女。胆识过人,朋友谑称她为"处变不惊的小幸"。
堀田草平	东京老街一家古书店"东京BANDWAGON"的第二代店主。博古通今的知识分子。
堀田美稲	草平的妻子。个性开朗,凡事以夫为重,勤慎持家。
堀田勘一	草平的长子。江户作风,不拘小节,性格急躁,沉不住气。
大山和美	九岁的战争遗孤,由堀田家收养。
高崎乔	贸易商。日美混血的蓝眼俊男,年纪与勘一相仿。绰号"闪电拳名人乔"。
和泉十郎	曾经隶属于日本陆军情报部的军人。习惯穿轻便的和服装束,说话有种特殊的语调。

玛丽亚	爵士歌手。容貌艳丽的美女，个性大方直率。
冷狐	政府高层人士，高崎乔的老板，亦是草平的老友。谜样的人物。
显圆	附近神社的主祭，草平的发小。
祐圆	显圆的儿子，勘一的发小。
介山阵一郎	拥有矿山等庞大资产的一方霸主，被誉为"东北之霸"。
亨利·安德逊	驻日盟军最高司令官总司令部（GHQ）参谋二部的将军。麦克阿瑟将军的头号宿敌。
耗子	街头混混，亦是高崎乔的伙伴之一。常身穿鼠灰色毛料西装出没。
海霸子 山霸子 川霸子	介山阵一郎的手下，全都是光头大汉。

目 录

prologue......................3

第一章　〈On The Sunny Side Of The Street〉.....9

第二章　〈Tokyo Bandwagon〉............131

终　章　〈My Blue Heaven〉.............227

epilogue...................305

番外篇·背负天皇密令的华族之女

prologue

一九五二年四月

一段轻快的旋律从客厅的收音机流泄而出。

不知道是谁扭开的。

"啊!"

这是吉恩·奥斯汀演唱的《My Blue Heaven》,在日本叫作《我的蓝天》!*

记得在举行婚礼的那一天,大家一起为我们唱了这首歌曲。玛丽亚小姐和我一样,最喜欢这支歌了。还有,乔先生曾在俱乐部里以钢琴弹奏过它。对了,十郎先生有一回用男高音略显别扭地演唱,当时唱的也是这首歌呢。

---

* 吉恩·奥斯汀(Gene Austin,1900-1972):美国歌手、作曲家,《我的蓝天》(*My Blue Heaven*)由沃尔特·唐纳森(Walter Donaldson,1893-1947)作曲,乔治·怀廷(George Whiting,1884-1943)作词,发表于 1927 年,吉恩·奥斯汀首唱于 1928 年,上榜 26 周,占据榜首 13 周,单曲唱片销售达 500 多万张,是历史上最畅销的唱片之一。

prologue

那一幕幕分明都是不久前的事,转眼间,却像是好久好久以前的回忆了。

我从檐廊步下庭院,一株青翠茂盛的樱树映入眼帘。满树的繁花,已经飘落了。不过就在几天前,大伙还围坐在这方偌小的院子里赏花品酒,颂赞"绝美如樱花,至勇如武士"呀。

想到这里,我的心头仿佛穿了个大洞,空荡荡的,什么都没有。

一想到这个家,这间"东京 BANDWAGON"*,再也不会传出他们的欢闹声,空虚的心口旋即被涌上的寂寞窒塞,不由得伸手捂上了前胸。

大家都走了。去了遥远的国度。那个曾经与我们殊死拼战的敌国。

忽然间,有人拍了我的肩。

"勘一哥……"

"和美在笑你呢,她说:瞧这天色还是亮晃晃的,怎么有人叹起'夕阳无限好'来啦?"

我回头一看,和美在客厅的檐廊边冲着我笑。一旁的我南人正黏着她厮缠,闹她非得陪着玩。

"也对。"

---

* "BANDWAGON" 意指游行队伍的领头乐队花车,延伸为引领潮流之意。

勘一哥搁在我肩头的那只手,轻柔地抚了抚,"唔,也难怪,一屋子人突然走了个精光嘛!"他回头看向方才送走了大家的玄关,"若是走了运,老天爷一时兴起,应当会让咱们再次见面吧!"

语毕,勘一哥看看我,再抬头仰望天际。阳光洒落,融化了朦胧的春霞。无垠的蓝天,仿佛祝福着他们的美好前程。

"是呀。"

"是咧!"

"真希望有朝一日能够重逢哪。"

"一定见得到面的。所以大伙儿都得保重身子,多活几年哩!"

我望着勘一哥,点了头。

玛丽亚小姐。

乔先生。

十郎先生。

这几位救命恩人,如今已启程前往美国,追求他们崭新的人生了。

是呀,承蒙他们的搭救,牢牢捆绑着我的桎梏已被彻底粉碎了。玛丽亚小姐、乔先生和十郎先生,他们三人都为了我而牺牲自己,在这里住了七年的岁月,毫不吝惜地给了我无尽的爱,却不求任何回报。我真不知道该如何表

prologue

达衷心的感激。

我唯一能做的，就是活下去。

将他们的温馨关怀与每段快乐的回忆，深深藏在心底，昂首挺胸地活下去。

在这个新血迭涌的国家活下去。

日本已经重生了。

另一段人生仿佛又将开展，就和那天一样。

这一次，满溢胸口的不再是寂寞，而是灿亮的希望之光，就和那天一样。

第一章

⟨On The Sunny Side Of The Street⟩

一九四五年十月

一

八月十五日*。

每当想起夏日里的那一天，浮现在脑海里的唯有一片晴空。

那是台风已然远扬，晴空万里的美丽蓝天。

那是一片靛青绀蓝，或者说是近乎无限深蓝的蓝天。

算来不过是两个月前，可我几乎记不得那天，确切地说是那一整天发生过什么事了。隐约留下的模糊印象，只有自己茫然伫立在自家庭院里，连泼辣的日头都忘了躲。

我不觉得悲伤。

---

* 一九四五年（昭和二十年）八月十五日，日本宣布向盟军投降，第二次世界大战随即结束。依据《波茨坦宣言》，自该年起至一九五二年间，由盟军最高司令官麦克阿瑟将军，于东京建立盟军最高司令官总司令部（General Headquarters，日本通称 GHQ）施行军事占领，接管日本。

第一章 〈On The Sunny Side Of The Street〉

也没有感到欢喜。

唯一深刻的记忆是,我感觉有个新时代即将来临了。

我向来认为凡事伊始,必定伴随着无穷的希望。所以可以肯定的是,那一刻,我内心一隅,确实燃起了一盏名为希望的烛光。

希望。

那是在战火中销声匿迹了的字眼。

一场没有胜算的战争。

我们全家人很早便预见了这样的结果——日本正在打一场注定失败的战争。但是,既然身为日本国民,既然有千千万万的同胞为国赴汤蹈火而壮烈牺牲了,那么这句话、这一句父亲在家里一再提起的话,我们无论如何都必须牢牢封在嘴里。这句话是:

"连万分之一的希望都没有。"

因此这些年来,"希望"早已从我们的心里、从许多同胞的心里,消失了。

直到溽夏里的那一天,这个字眼才又回到了人们的心中。

然而,没有人知道,即将来临的会是一个什么样的时代。

不过,可以确定的是,战争真真确确已经结束了。

而另一个新时代即将来临了。

从我家二楼的窗户望去,可以清楚看见这两个月以来,饱受蹂躏的日本国民,尽管对于战争是否真正结束了仍旧存疑,依然无阻于他们坚强地从瓦砾堆中重新站起来。即便东京几乎成了目不忍睹的一片焦土,人们还是极为奋昂地踏上了复兴之路。

街上坍塌的楼房和焦黑的地面间冉冉上升的烟幕,不再来自于轰炸而延烧的恶火,而是人们日常生活中烹煮的炊烟。同样的烟气,其来源却有着天壤之别。

十月中旬,深秋的一天。我正在二楼擦拭客房的窗户,愣怔地想着这些事,连电话响了都没察觉,直到有人接起电话的应答声传来,才将我带回到现实里。

好久没听到电话响了。我连是谁打来的都还来不及忖思,旋即听见一阵急切的脚步声,伴随着接连拉开又甩上一扇扇房门的仓皇动作,乒乒乓乓,响遍了整栋房屋。

"咦?"

怎么回事?如此开阖门扉的粗暴举动,实在不寻常。帮佣的阿花嫂离去已久,家里只剩父亲和母亲而已呀?

我狐疑地歪着头,离开了窗口,正打算下楼一窥究竟的时候……

"咲智子!"

"我在这儿!"

父亲的叫唤从楼下传来。我从没听过他的声音如此

第一章　〈On The Sunny Side Of The Street〉

慌张，当即不假思索冲下楼去，父亲也于同一时间奔了上来。

"咲智子！"

"父亲大人，发生了什么事吗？"

话才问完，神色惊慌的父亲不置一词，抓着我的手拽进门扉大敞的玄关旁会客室里，力道大得弄疼了我。

进门后，父亲抬眼望向窗外，确认没有异状之后，再示意我坐到沙发上。满头雾水的我依循父亲的指示坐了下来。父亲在我对面浅浅落座，并将一只物件轻轻搁到桌上。我方才没察觉他手里握着这件东西。

那是一只木盒。外形小巧，大小约摸可以摆入我的日记本，盒身饰以箱根工艺的木块拼花，做工相当精美。

"这是……？"

"咲智子，听好，没时间了，你仔细听清楚。"

没时间了？父亲看来确实既慌又急，和平素冷静沉着的神态大相径庭。

"你现在拿着这只木盒，其他什么也别带，立刻去滨松的东云家！"

"您是说静冈的舅母大人家？"

父亲用力点了头，"火车票已经准备好了。在这里。现在还留在这个家里的只有我们三个而已，没人能开车载你去，你必须单独一人立刻去东云家！"

"东云家应该安然无恙吧？"

住在静冈县滨松市的是宣子舅母。距离上一回见面，约摸是四、五年前的事了。

"那里一切平安，我也知会他们你可能会送这件物品过去了。咲智子，听清楚了！"

"是。"

"火车虽仍保持运行，但你也知道，目前交通状况极度混乱。战争的结束，尽管使许多人得到了活下去的勇气，相对地，街上也挤满了疲弊困乏的人们。像你这样的年轻女孩只身前往滨松，可以想见这一路危机丛生，备极艰辛，无奈没有任何人能陪你一道去。"

说到这里，父亲露出了愁苦的面色。我从没看过父亲如此痛苦的模样。

"这只盒子，直到那一刻到来之前，绝对不可以打开！话说回来，能够解开盒身上暗藏机关的人，应当寥寥无几。这只盒子必须无时无刻贴身携带，即便是睡觉的时候也不可以离身。"

"您说的'那一刻'，是指……？"

父亲的嘴唇纠得紧紧的，片刻过后才开口道：

"我只能说，等那一刻到来，你会知道的。"说完，父亲看了看手表，"现在刚过上午九点，顺利的话，傍晚就可以抵达了。不过，以你平时的装束只身前往，未免引人侧

第一章 〈On The Sunny Side Of The Street〉

目,极度危险。……哎,快点!"

这时,母亲同样慌张地进了会客室,手里揣着几件衣裳:劳动裤裙、女学校的水手制服,还有以碎白花纹和服布料翻新缝制的外套。

"母亲大人!"

"咲智子!"

只见母亲面色惨白。究竟……究竟是怎么回事呢?

"别再多带东西了。穿上这身衣服,再把木盒藏在这只袋子里背上。"

背袋是拆了和服缝制内里,外层黏上皮革的肩背包。木盒摆进去刚刚好,仿佛是为了这只木盒量身打造的。

"立刻就要去吗?"

"立刻就去!还有一件事。"

"是。"

"一路上不论发生什么事,你只管赶往东云家,懂吗?"

我能做的只有点头应允。父亲犹如必须把握分分秒秒,飞快地继续叮咛:

"我再说一次,不论任何人来找你、和你说话,你只管尽快赶到滨松。一旦觉得可疑或感到不妙,拔腿就逃。依你的脚程,多数人应该追不上吧。"

"应该是。"

父亲说得没错。我的脚程极快,不分男女,赛跑时我从没输过，甚至拥有"韦驮天"*的美誉。还有人说，若不是这时局，说不定我早去参加了奥运比赛呢。就连大学时代加入田径队的父亲，都不是我的对手。

可是，父亲的言下之意是……我会身陷险境吗？

"父亲大人，您的意思是，有人正觊觎这只木盒，恐怕会从我身上抢走吗？"

父亲深深叹了气，点了头。"正是。原谅我，原谅我这个父亲命令心爱的独生女这般涉险。然而，现在只剩你一个能托付如此重任了。"

父亲的眼里竟然闪着泪光，我顿时惊愕万分。

"我这一生，从不曾在女儿面前为自己的无能感到如此羞愧！"

这是我来到人世后，第一次看到父亲的泪水。一旁把衣裳和背袋递给我的母亲，同样流着眼泪。我起身接下衣裳，母亲旋即将我紧紧搂入怀里。

"咲智子！"

"是。"

"多保重，一定要好好活下去！"

"母亲大人……"

母亲的话语和举动，宛如和我诀别。位于滨松的东云

---

* 佛教的护法金刚神，相传曾在刹那间飞速追回了失窃的佛舍利。

第一章 〈On The Sunny Side Of The Street〉

家是母亲的娘家。说起来,只不过是派孙女送个东西回外婆家罢了,不是吗?

问题是,这只木盒……。

"那么,父亲大人和母亲大人呢?"

"我们……"父亲欲言又止,眉头深锁,"理由必须保密,不过,应该会被带离这里,暂时没法见到你了。"

被带离这里?我虽想追问为什么,然而父亲凝肃的神色,逼得我住了嘴,不敢往下问。我虽不明白是怎么回事,但眼下的事态必定相当严重。

"你也知道,我身上背负着很多不许过问、不能谈论的重责大任。这些,你应该懂吧?"

我点了头。我懂。

"这物件,也是其中之一。"父亲指着拼花木盒说道。

"里面是不是装了什么东西?"

"这里面……"

"是。"

父亲的嘴唇紧抿,顿了顿才开口,"里面的物件,同样是我必须严守的秘密之一。我虽考虑过,什么都不让你知道,只让你送过去;可是在一无所悉的情况下,你也不知道该如何守护这只木盒吧?"

"守护?"

父亲的意思是,把这只木盒交给我守护吗?果若如此,我想父亲的考量有其必要性。尽管不晓得里面装着什么，总是让人心里不安。

"里面放的是和政治相关的文书。"

"文书？"

"正是。"父亲点了头。

与国家政治相关的文书，交由我来守护？

"里面的内容我不能说。你只要知道这份文书极其重要即可。"

从父亲的态度，就能明白这份文书必然非常重要；可是，这么重要的东西，居然要交给我保管？

我完全无法预知后续会发生什么状况，可以确定的唯有事态的严重性。父亲和母亲将被带离这里，恐怕也和装在这只木盒里的文书脱不了关系。父亲必须保管这份机密文书，无奈根本没法抽身送走。此时此刻，唯一的办法只有把它交给我了。我想一定是这样的。

父亲和母亲壮烈的神情映入我的眼底。一股无比的惊恐从心口窜涌而上，我只能硬生生压了下去。

我使劲点了头，答应下来，"我明白了。父亲大人，母亲大人，请交给我吧！"

我向他们展示了誓死保卫木盒的决心。不单是因为我必须不负所望，更重要的是不可以让父亲和母亲为我挂心。

"那么，动作快！立刻换装！"

第一章 〈On The Sunny Side Of The Street〉

父亲走出会客室,我在母亲的协助下换穿衣装。我脱下常穿的家居服,穿上劳动裤裙,把木盒搁入袋子里斜背着。

母亲始终一语不发,噙着泪水,将我一头长至腰际的长发扎起,以发针固定。

"母亲大人!"

"怎么了?"

"该不会……"

我实在不想说,却又忍不住问一问。

"该不会,我们再也见不到面了吧?"

母亲闻言,伸手掩嘴,伏下脸,缓缓地摇了摇。

"别往坏里想。"

"可是——"

"咲智子,"母亲抬起头来,看着我,"你可是五条辻家的女儿!不管发生任何事……不管发生任何事,你都要坚强地活下去!"

"咲智子!"

房门外的父亲陡然纵声呼喊,与此同时,屋外传来好多辆车子驶到门口停下的声音。父亲急切地推门冲进来拽起我的手。

"快!从后门沿着地下的防空洞跑出去!"

我奔出走廊,背后又传来父亲催促快跑的喊声。我没有丝毫迟疑。我负有身为五条辻家之女誓死保卫这只木盒的使命!

　　下一刻,一阵粗暴的捶门声,从我后方的玄关大门处猝然响起。

第一章　〈On The Sunny Side Of The Street〉

二

　　东京的市街几乎被轰炸一空，却也有不少建筑奇迹似地躲过了战火的肆虐。尤其是在各个车站的周边，甚至有大楼幸免于祝融之灾，尽管蒙上了一层黑灰，结构却完全没有受损，里头也有店铺在做生意。

　　上野车站附近，便是一片朝气蓬勃。

　　不远处的废墟之地，有几部叫作推土机的土木机具在整地，轰隆隆的声响震耳欲聋，听起来却像摇篮曲般令人宽心。

　　走在这片喧嚣之中，我的心情却分外笃定。说不定脸上还不自觉地浮现了笑意呢。

　　这大概是本性使然吧。连父亲也常苦笑着说，"你得让自己多添几分可爱的姑娘样啊"。

　　当然，再怎么说，我总是个十八年华的姑娘，喜怒哀乐的情绪起伏也比旁人来得大；可不晓得为什么，这些心境转折鲜少形于色，显得格外稳重沉着。朋友们也给我起了个绰号，唤我"处变不惊的小幸"。我可不是有意让自己看起来像这样的。

不过怎么说呢，比起年纪相仿的女孩，我的胆子还是大了些。

比方战争结束，大家从疏散地陆续回到家里。重返校园的朋友们纷纷嚷着"到处都好可怕，我根本不敢走在路上"，可我压根不觉得有什么好怕的。

再说前些日子，听人家说浅草那边的市集相当热闹，我于是去瞧上一瞧。那股活络劲儿可教我开了眼界。

那里果真是人山人海。许多店铺开在被火烧得焦黑的水泥建筑旁，吸引了众多人潮。在嘹亮的揽客吆喝声中，人们几乎是摩肩接踵，一个挨着一个走的。杀价声此起彼落，贩卖的物品五花八门，真不知道店家是上哪儿弄来这么多好东西的。

多数人身上都是衣不蔽体的，可怜的老人家和小孩子更是随处可见。即便如此，比起打仗那会儿，还是来得充满生气。四周的空气和热度，无不让人感到洋溢着欢乐与欣喜。

上野车站这边，也和浅草周边同样热闹。

上午十点刚过，开门做生意的小饭馆已经排起长长的人龙了。我身上的装束虽是翻新的旧衣，但落在那些衣着破烂的人眼里无异于上好的华服，不少人纷纷拿眼盯着我

第一章　〈On The Sunny Side Of The Street〉

瞧。其中甚至有的是茫然瘫坐在地上的小孩，身上只套着一件看不出原来颜色的脏旧内衣。

心头乍然一阵刺痛，令我不禁紧捂着自己的胸口。

战争到底为这个国家带来了什么？愈是深思，让人益发对这愚蠢的行径感到愤怒。到底是谁做出这种要人相互厮杀的野蛮行为？那些人图的究竟是什么？

无论如何，战争总算结束了。

现在，这个国家——不，今天的日本，甚至称不上是个国家！——在美国的占领之下，正被逐步改造成一个全新的国家。

这附近也可看到不少穿着军服的美国士兵。

不远处就有个士兵带着慈祥的笑容，把巧克力分给孩童们。在火车站的大门旁，还站着神情严肃的士兵，留意着周遭的动静。再往远方细瞧，临时搭建的木板房旁的暗处，也有士兵在跟形迹可疑的矮小日本人窃窃私语。

我以前见过的那些和父亲有工作往来的美国人，个个都相当温文儒雅。

父亲也曾说过，他们很友善，非但没有占领军的趾高气扬，而且在高层人士当中，甚至有许多是真心为我国规划愿景的。虽然父亲叮嘱过我，绝对不能把这话说出去，可我甚至想过，幸好咱们打输了。

"我得赶路了。"

我将斜背的袋子紧紧揣在胸口。眼下龙蛇杂处，难保会出什么乱子。听说扒手和小偷四处横行。

不过，放眼望去，总能看到一两个美国士兵的身影，教我安心不少。当然，他们各有各的分派任务，但维持治安总是基本的宗旨。真要出了什么乱子，他们应该会立刻赶来解围吧。

车票贩售处同样挤得水泄不通，根本算不清有几百个人在排队。倘若父亲没事先把车票张罗妥当，真不知我得花上几天工夫才能到达滨松呢。

"Excuse me？"

一句英语，猛然从我斜后方抛了下来。我大吃一惊，猛然回头，眼前站着三个美国军人。

他们看起来不是那种路边常见和孩童们嬉戏的美国士兵，而是职位较高的军官。两个人的制服上佩带着勋章，军帽端正；另一位则是一身黑西装，头戴一顶单凹绅士帽。

"Yes？"

我应了一句，和他们正眼相视。他们点点头，问了我听得懂英语吧？

"（听得懂。）*"

单是这几句对话，已经引起周遭的骚动了。现如今，

---

* 括号里的话表明说话者讲的是英语，下同。

第一章 〈On The Sunny Side Of The Street〉

能说流利英语的日本人实在不多。

"（可以请您过来这边一下吗？）"

身穿西装的男人轻轻地抓着我的手肘，想要将我带走。我不假思索地甩掉了他的手。

"（你们是谁？我得赶去一个地方。）"

说完，三个男人相互看了看，开口问我：

"（您是五条辻政孝子爵的千金，咲智子小姐吧？）"

他们怎么会知道我的身份呢？情急之下，我立刻否认：

"（不是！）"

两位美国军官互看一眼，没好气地笑了。

"（不会占去您太多时间的，请随我们来一下。）"

他们不睬我的否认，把我围在中间推着往外走。我根本不可能打得过三个大男人。况且这三位应该都是高级军官，就算我放声大叫，方才还想着万一出事会赶过来的那些一般士兵，大概也不敢过来搭救吧。

"（请放开我！）"

我再次试着甩掉他的手，却没能挣脱。

"（大呼小叫对您可没好处喔。您的父亲和母亲会很担心的。）"西装男子说道。

"（您这句话是什么意思？）"

"（别多问，过来就是！）"

"（不要！放开我！）"

我终于放声叫了起来。这几个人究竟要做什么？他们知道父亲和母亲被带去哪里了吗？

抬眼一瞧，路边停了一辆吉普车。他们要把我带上车吗？我的手肘被抓得好疼。这些人该不会就是觊觎我袋里木盒的那些人吧？

父亲交代过我，路上不论遇到什么状况，只管拼命赶往滨松。眼下恐怕……恐怕没法达成父亲交托的任务了。只要能够逃走，我有信心这些人绝追不上我，问题是我的手臂已在不知不觉中被牢牢抓住，根本没法逃脱。

"喂！等一下！"

突然间，一个大嗓门中气十足地喝叱一声。原先站得远远地看着我被带走的人群，倏地分了开来。

人群的正中央站着一个年轻男子。

他双手叉腰，站得神气威武，锐眼瞪视我们这里。

他的年纪约摸和我相仿，身穿洁白的衬衫，黑色的长裤，身材高大魁梧，顶着光头。不过，不晓得什么原因，头顶还留着一撮长长的头发，我从没见过这样的发型——简直像公鸡的鸡冠似的。

"你们这些美国人，实在太不像话啦！那位小姐不是说了不想去吗？难道强行掳走女士是美式作风吗？"

年轻男子说的是日语，两个美国军官有些纳闷，但西装男子似乎听得懂日语，只见他面露愠色，朝其他两人轻

第一章 〈On The Sunny Side Of The Street〉

轻摇了头,示意不予搭理。

没想到,接下来的发展委实出人意外。

"(看来,你们听不懂日语,那就用你们的话再讲一次。我叫你们放手,听到了没?)"

这段话是用英语说的,并且不是带有土腔的美式英语,而是相当纯正的标准英语。年轻男子说日语时一口道地的江户片子,这种突兀的反差使我在身陷险境之际,仍是差点笑了出来。

年轻男子跨步迈了过来。四周的群众无不屏息观看后续的发展。

"(这事跟你无关,滚到一边去!)"

"跟我无关?我说美国人啊,咱们日本有句话叫'见义勇为',听过吗?"

西装男子把这段话翻译成英语。没有抓住我的另两个军官听了非常生气,涨红了脸。那位美国人是白种人,脸红起来格外明显。

"我再教你们一件事吧。那位小姐百般不愿跟你们走。在日本,逼迫女子的举动叫作'不识相',那可是最差劲的男人哩!"

"说得好!说得好!"人群中传出了喝采。

就在这个刹那,其中一位美国军官伸出粗壮的长臂,抓向逼近的年轻男子胸口。

眨眼间，年轻男子一转身，美国军官高大的身躯随即头下脚上飞到半空中，两腿蹬天，宛如顶着年轻男子的身体倒立似的。

原来是年轻男子使出了一招利落的抓手过肩摔。

砰的一声，被摔到地面的美国军官发出了痛苦的呻吟。

这记漂亮的招式不但出神入化，而且为了减低对方受伤的程度，年轻男子从头至尾始终牢牢抓住对方的手臂，避免对手的背部陡然撞击地面。

这可不是光凭猛力就能使出的武术。若无相当的柔道功底，不可能施展出这样的绝招。围观的人群先是发出赞叹，随即爆出如雷的掌声。

这也难怪。多数人即便与来到日本的美国军人没有直接的仇恨，毕竟战胜国的高大军官被日本人施以四两拨千斤的柔道技法摔飞出去，怎不教人拍手叫好呢？倘若目睹此景还得佯装无动于衷，岂不憋得难受吗？

"怎样？若是还不服输，我很乐意再陪你们过个几招。不过……"年轻男子陡然拉开了嗓门，"你们睁大眼睛，看清楚状况！"

他说得没错。方才那记精彩的过肩摔，使得原本站在远处的群众陆续凑上前来围观。人们脸上死滞的表情也逐一恢复了生气。再闹下去，保不准会诱发一场暴动。

身为导火线的年轻男子，大抵也明白事态的严重性。

第一章 〈On The Sunny Side Of The Street〉

他忽然放松下来，咧嘴一笑。如此形容一位男士只怕有些失礼，但他笑起来模样其实挺可爱的。

接着，他再次换成流利的标准英语说道：

"（我很明白，你们是特地来到日本，协助这个未臻成熟的国家复兴重建。我也知道，你们多数都是秉持绅士风范的好人，未曾招摇战胜国的傲气。既然如此，不如贯彻始终，展现真正的绅士气度，为我这样野蛮的日本男人做个示范，不是挺好的吗？）"

我觉得这个年轻男子怎么好像说的是一套，做的又是另一套呢？他的这番话益发惹恼了试图把我带走的美国军官们。

"（哼，既然野蛮人听不懂人话，那就用这家伙教训教训吧！）"

西装男子说着，掏出了一把手枪。四周立刻一阵骚动。年轻男子见状，只微微皱了眉，依然文风不动。

"啐！胆小鬼居然亮家伙啦？"

纵使他是柔道高手，也难敌手枪的威力。糟了，不行了，他会被杀的，他会为了素昧平生的我而命丧枪下的！

"（请住手！）"

我不禁放声大喊，但西装男子没理会这声阻止，径自举枪瞄准了那位年轻男子。就在这一瞬间，有道人影发出怪叫，从上方扑了下来。西装男子被压倒在地，松开了紧抓着我的手。定睛一看，西装男子身上趴着一个穿着破烂衣物的人。

这招奇袭仿佛吹响了攻击的号角，围观的人群顿时发出怒吼，前仆后继地蜂拥而上，宛如被狂风卷起的滔天巨浪。

"好，咱们快逃！"

"啊？"

年轻男子不由分说，拉了我就跑，往涌向这边的人群迎面钻了进去。他的力气大得出奇。即便万头攒动，换做一般人根本没法移动半步，他仍像一台推土机似地攥紧我的手直往前冲。

不单如此，更令人瞠目的还在后头……

"小哥，干得好！"

"这才是真正的日本男儿！"

"快跑吧！"

来自四方的称赞声此起彼落，这位年轻男子在狂奔之际，还有闲情逸致笑着一一答谢：

"嘿！谢啦！谢啦！"

事情已经闹成这样，他还一派神气，该不会是个得意忘形的活宝吧？

◆ ◆ ◆

"好，在这里休息一下吧！"

第一章 〈On The Sunny Side Of The Street〉

我根本答不出话来,因为我正趴在他的背上。这位年轻男子跑到一半突然大吼一声"哎,麻烦死啦!"说完便轻轻松松地背起我,一路疾奔到了这里。我既羞又怕,死命把眼睛闭得紧紧的。

"唔,放你下来喽。"

我感到双脚落了地,这才放下心来,舒了一口长气,睁眼打量四周。看起来,我们正在一座小神社的院内一隅。

"跑到这里,应该没事喽。"

我完全不知道自己身在何处。

"小姐,你没受伤吧?"

年轻男子再度咧嘴一笑。他有个貌似刚毅的方形下颚、结实的身躯以及一对乌溜溜的眼睛,或许就是这双浑圆的眼珠子,给人一种可爱的感觉。

"是的,我没事。万分感谢救命之恩!"

我调整了呼吸,施了一礼表达由衷的谢忱。倘若没有他出面营救,此刻的我只怕早被带走了。

"别客气,小事一桩啦。最近运动量不太够,正好趁机活络筋骨哩!"

这番话听得我忍不住笑了起来。这位年轻男子给人相当爽朗的感觉,可那顶鸡冠头实在让人介意。他为什么要蓄留如此古怪的发型呢?

"不好意思,我在赶路,现下无法好好答谢您,可否先请教大名？"

年轻男子听了呵呵大笑，扬起右手在面前摆个不停。

"不必给谢礼啦。我叫堀田勘一。"

"堀田勘一先生？"

他点点头，忽然举起手来，指向了神社正面的方向。

"我家就在前头，开古书店。"

"古书店？"

"是啊。店号是'东京BANDWAGON'。"

"东京BANDWAGON？"

我心想，这店名还真罕见。印象中，"BANDWAGON"好像是指游行队伍的领头乐队花车。他家做的若是乐器的买卖，倒是挺适合的，可为何会用在古书店的店号上呢？

"要不要顺道去我家歇个腿？"

"多谢您费心。可是……"

我得赶路了。我把背袋紧紧揣在怀里，确认它依然稳稳地背在自己身上。

"……我必须搭火车赶去一个地方才行。"

"唔……"勘一先生皱起眉头，"我是不晓得你有什么急事赶着办啦，不过，现在又回去上野车站实在不妥哩。"

勘一先生的话不无道理。想要把我带走的那些美国军官，很可能还留在那里监视。

"但是……"

第一章 〈On The Sunny Side Of The Street〉

　　无论如何,我非去不可。况且我也担心那场混乱后续的状况。那些民众与我素昧平生,却为了助我顺利逃脱,不惜挺身对抗美国军官,不晓得他们后来怎么样了。我说出心里的担忧,勘一先生要我无须挂虑。

　　"那些家伙的身手利落得很,区区三个阿兵哥根本没当回事。一等咱们顺利逃脱,他们马上就脚底抹油,溜之大吉啦!"

　　"真是那样吗?"

　　"我向你保证。尽管放心吧。"

　　"不过……"

　　毕竟还是得赶到静冈才行。我伸手探进袋囊的口袋想确认一下。

　　"咦?"

　　"怎么啦?"

　　"车票……!"

　　我可以感觉到自己脸上血色尽退。不见了!好端端摆在袋子里的那张车票,竟然不见了!

三

　　勘一先生贵府——"东京BANDWAGON"古书店，是一栋做工讲究的日本屋宅，听说约摸在十年前又扩建了一部分。

　　不可否认，屋子的外观有些灰旧，或许是长年战争所造成的，但门面相当大器，气势宏伟。据说是在明治初年落成的，莫怪处处可见西洋风格的建筑巧思。

　　屋宅的正面装设了两扇对开的玻璃门，雾玻璃上写着"东京BANDWAGON"的金色字样。瓦檐上方的那块黑漆招牌上同样刻有店号，尽管字迹有些模糊了，依然神气十足。

　　这里根本不是我想像中的一爿小店，而是一家颇具规模的古书店。

　　"不晓得为啥，炸弹没掉到这一带。"

　　"看来的确如此。"

　　河的对岸已成一片断垣残壁，这附近却很幸运地保有

第一章 〈On The Sunny Side Of The Street〉

原貌。从仅容一人穿行的小巷弄、家家户户院子里的花草树木，以及在路上奔跑嬉戏的孩童们，无一不是开战前的街景风光，甚至还能感受到朝气洋溢。

"唔，街坊邻居和咱们都算走运咧！别客气，进来吧！"说着，勘一先生推开了玻璃门。门上的挂铃叮当响起，店里随即传出了问话声。

"是勘一吗？"

一位坐在微暗店内的账台里的男人问道。那声音很稳重，让人感到和蔼可亲。

"阿爹，有客人！"

"客人？"

原来是勘一先生令尊。我连忙欠身问安。

"幸会，小名五条辻咲智子。"

"五条辻？"勘一先生的父亲略显惊讶地喃喃复诵，随即露出了微笑，唇上的胡髭弯成一道柔和的弧度。"请进，欢迎来到寒舍。"

说着，他走下账台来到我的面前施了一礼。我再度欠身答礼。

"我是勘一的父亲，名叫堀田草平。"

堀田先生的身长和勘一先生约摸一般高，但身形清瘦，和勘一先生的样貌大为不同。

他穿着一件合身的纯白色衬衫，梳着常见的发型，带着自然卷度的头发呈现柔顺的波浪。在圆框眼镜后面的那双眼睛，给人一种十分温文儒雅的感觉，俨然是位小说家或学者。古书店的店主，是否个个都是这般文质彬彬的呢？

不过，这里虽是古书店，书架上却几乎看不到书，每一格都是空空如也。看来，即便是古书店，现下的时局也不容易找到货源吧。

堀田先生客气地要我进里屋坐坐，我只得入内叨扰。客厅里摆了张敦实的原木大矮桌。先生递来坐垫让坐，我恭敬从命地正身跪坐。

"内人不巧外出领配给、买东西了，只得让粗手粗脚的小儿沏茶送上，请别见怪。"

我添了人家那么多麻烦，又被奉为上宾，那可怎么好？连忙起身说自己来就好，但堀田先生却蔼然微笑，要我坐着别忙。

不一会儿，勘一先生喊了声"来喽"，以茶盘托着热茶送了过来。

"咲智子小姐请用。只怕粗茶不合口。"说着，他把茶杯摆到了我的面前。

这时的我实在渴了，于是谢了茶，端起杯子啜饮。茶汤入口，心头陡然一惊——这哪里是什么粗茶，而是上好的茗品呀！

第一章 〈On The Sunny Side Of The Street〉

或许是我掩不住惊讶之色,勘一先生见状,得意笑道:
"老实说,这是咱们透过特殊管道买来的。"
他的意思大概是从黑市买来的吧。这茶的滋味真是甘美。
"我说,勘一。"
"什么事?"
"你只是出门散个步,为何带着五条辻家的小姐一起回来呢?"
从堀田先生的口吻听来,似乎知道我的家世背景,不禁令我有些讶异。但勘一先生并未察觉异样,只管把方才在车站前发生的事情原原本本地说出来。当他说到使出过肩摔技法,把美国军官摔倒在地时,堀田先生立时皱起了眉头。
"你这家伙做事怎么老是不经大脑!惹出这种乱子来,要单是你一个人也就罢了,万一连累了五条辻家的小姐,我看你怎么赔得起呀!"
"反正没事就好,您就别骂人了嘛。"
挨了骂的勘一先生缩起肩头,灌了一大口茶。堀田先生板着面孔,催他往下说。
"然后啊,我本来想送咲智子小姐回头去搭车,结果找不到车票了。"
"找不到车票?"

正如勘一先生的叙述，我小心翼翼收在背袋里的车票，居然不见了。勘一先生劝我，假如是在那场混乱之中弄丢的，眼下这时局，最好甭想找回来了。我也明白他说得没错。拾到车票的人，想必早拿去换成钱了。

即便想重买一张，不巧我身上根本没多带钱。况且这种时候，想在车站买到票简直比登天还难，更不用说回去车站那边，很可能会再度身陷险境。

堀田先生陷入沉吟，手抵下颚，眉头深锁。

"然后啊，既然事情变成这样，咲智子小姐只得回家了。可是方才她冲出家门时，状况非常紧急，难保家里会有什么埋伏，想想实在教人不放心，于是我陪她一道回府，没想到屋里已经人去楼空，而且——"

"而且家里还被搜查过了？"

"没错！总而言之，虽然还搞不清楚状况，可以肯定的是，这事必定和美军脱不了干系。横竖咲智子小姐无处可去，我想不如先让她待在咱们家比较妥当，所以就带她回来了。"

事情的经过确如同勘一先生所说的。我回到家里一看，谁也不在，映入眼帘的只有一片翻箱倒柜后的残局，我不由自主浑身打颤。所幸临走前，父母先让我有了心理准备，总算不至于痛哭失声、呼天抢地。我唯一担心的是，他们两位是否安然无恙。

第一章 〈On The Sunny Side Of The Street〉

和勘一先生只是萍水相逢,我实在不愿意增添人家的麻烦,况且前去初识不久的陌生人家中,也令我有些犹豫;然而勘一先生告诫我,与其在瓦砾堆中漫无目的地徘徊,不如随他回去来得安全。

说不上是什么原因,我觉得勘一先生相当值得信赖。

父亲常说:"人与人之间的交际,讲究的是个意气相合。"这正是我此刻的感受。

堀田先生赞许地点了头,双手抱在胸前。

"勘一。"

"在。"

"这一路应该留心了没被跟踪吧?"

"那还用说!"勘一先生得意洋洋地挺着胸膛回答,"一来,咲智子小姐险些被美国佬抓走,然后家里又遭到了搜查,我再笨也明白事态严重啦,有人想对咲智子小姐不利,带她回来的路上自然留神身后的动静,蹑手蹑脚地在后巷小径里钻来绕去,这才回到了这里咧!"

正如勘一先生说的,我在巷弄里被带得晕头转向,根本无暇左顾右盼,只能拼命紧随在后,来到这里。

堀田先生满意地点了头,望向天花板,陷入了沉思。勘一先生没再多话,抽起烟来凝视着冉冉烟气。我不好盯着人家瞧,只得含蓄地看看客厅的摆设、隔壁的厨房,望出檐廊欣赏院子的花草树木。

里屋虽然不大，倒也显得小巧合宜，许是紧邻店面的缘故，家里打扫得纤尘不染，住来想必舒适惬意。一栋气派的库房坐落在院子底。既然做的是买卖古书的营生，我猜大抵是书库。

檐廊的另一边忽然探出一张猫脸来，喵了一声。

"啊？"

我不由自主叫出声来，赶忙捂住了嘴巴。

勘一先生开心笑了，"你喜欢猫哦？"

"是的，非常喜欢。"

"这一带多得是野猫。这几个小家伙也是不知打啥时开始，就这么住了下来的。……过来！"

勘一先生扬起手来招了招，两只猫儿轻快地踅进客厅。其中一只三花毛色的顺势跶到我的膝头，往我身上蹭了起来。看来，这猫儿喜欢腻在人身边。

"它很喜欢你喔。那家伙叫玉三郎。"

"玉三郎？"

"另外那只是 Nora。"

"Nora？"

这只是黑猫。勘一先生把它抱起来，我这才瞧见它连脚底都是全黑的。

"因为它原先是野猫，所以才取名阿野吗？"

"不，"堀田先生露出了笑容，"是《人偶之家》里的

第一章 〈On The Sunny Side Of The Street〉

娜拉*。"

"噢,是易卜生的剧作!"

"是的。……对了,咲智子小姐。"

"您请说。"

堀田先生敛去温柔的微笑,换上了凝肃的神色。

"说句不中听的,去静冈这件事,你最好死了心。我劝你别去。"

勘一先生的表情同样变得严肃起来。

"为什么呢?"

"暂且不论车票落到谁的手里,总之对方已经知道了你曾经出现在上野车站,如此一来,立刻能推断你打算前往住在静冈的亲戚东云家。只怕那边也已经布网监控了吧。"

"监控?"

谁会在那里监控呢?难道是企图把我带走的美国军方吗?

堀田先生朝我斜背在身上的袋囊投来一瞥。"我想,各路人马都知道藏在那只背袋里的物件的重要性,眼下正摩拳擦掌,企图夺取。"

"各路人马?"勘一先生不解地歪着头,"阿爹知道那里面的东西是什么吗?"

---

* 日语中,野猫的"野"字和"娜拉"的发音都是"Nora"。

"八九不离十吧。"

"啥玩意儿啊？"

"动动你的脑袋！"堀田先生说着，面色一正，"五条辻政孝氏不但贵为子爵，与皇族伏见宫家亦有血缘关系，更是在动荡时局中，蒙获天皇陛下信任的重要人物。"

勘一先生依然是一头雾水地歪着头。不过，堀田先生说的完全正确。

"高居要位的政孝氏，此时居然把重要的政治文书，托付给才十八、九岁的女儿送往乡下避难，这是相当罕见的紧急手段。就算是天塌下来了，也几乎不可能发生这种情况的。"

"原来如此啊。"

"况且政孝氏说的是'文书'而不是'文件'，由此可见摆在那只木盒里的应该是……"

堀田先生说到这里，勘一先生陡然朝膝头使劲拍了一记响亮。

"我懂啦！那里面莫非是……？"

堀田先生用力点了头，"你猜得只怕没错，正是圣上御札。木盒里的，应当是抄录或汇集与这场战争有关的钦谕。"

如此重要的文书，竟然就在木盒里？我不由得目不转睛地看着背袋。

第一章　〈On The Sunny Side Of The Street〉

"我想，整件事应该是这样的：你父亲预知这只木盒，也就是重要文书，迟早将会被盟军最高司令官总司令部，也就是GHQ拿走，所以事先买好车票，也联络了静冈那边，做好了万全的准备。没想到，GHQ的行动快得出乎意料，他只好托你送走文书，自己留在家里接受GHQ的搜索和侦讯，为你争取时间。又或者，依你父亲谨慎的行事作风，甚至早已预知那份文书势必由你送去静冈，连你的相片也全数销毁了。"

听到这里，我不禁伸手掩嘴。我临走前，驾车来到家里的那群人竟是GHQ！

"销毁照片，是为了避免被他们用来追缉咲智子小姐吗？"

"是啊。不过GHQ也不是傻瓜。一发现子爵家应该还有个独生女却找不到人，马上想到她已先一步逃脱，即刻派人赶往上野车站拦截了。"

"然后，他们只好试试手气，找气质高雅的年轻女子问上一问喽？"

"对方问了咲智子小姐的名字作为确认，便是最好的证明。要是他们认得长相，一发现行踪就会立刻把人带走吧。"

"有道理。"勘一先生皱起了眉头。

堀田先生接着说："所幸你把事情闹大了，他们眼下根本遍寻不着咲智子小姐的行踪。还有，你没让任何人知道，悄悄把咲智子小姐带来这里，也是聪明之举。想必对方正在抱头苦思，这下到底该上哪去找人才好。"

讲到这里，堀田先生顿了顿，脸上的表情似乎正在犹豫该不该往下说。

从事情发生到现在，我犹如置身梦境，一切都很不真实。尽管堀田先生的分析句句有理，可我还是没法拿定主意。

堀田先生轻叹了一口气，看着我，"咲智子小姐。"

"是，您请说。"

"倘若我猜得没错，不仅是GHQ，接下来恐怕还有许多人企图捕捉咲智子小姐，包括日本的前军系人士、流氓，以及黑道的各派人马。那些人总能在第一时间掌握到有利可图的情报。"

"阿爹，您说啥？"勘一先生和我不禁面面相觑，"事情会闹到这么大啊？"

堀田先生缓缓点了头，"应该错不了。倘若真是那般重要的文书，对这个国家而言，可能是一剂穿肠毒药，也可能是一帖回魂灵丹，说得更夸张点，甚至是一枚强力炸弹，一切端看如何运用。社会上有许多家伙正在虎视眈眈，打算据为己有，加以利用。不过……"

"不过？"

第一章 〈On The Sunny Side Of The Street〉

想必我的面色一片煞白,堀田先生露出和蔼的表情看着我,让我不要担心。

"不过,也可以为我们带来光明。我知道你很担心令尊令堂的安危,但既然最先找到你的是GHQ,二位目前大概被他们软禁起来了。再怎么说,他们绝不敢不将华族*显要奉为上宾,我想应当不会有性命之忧。当然,静冈那边的亲戚也一样,虽然受到监控,却不至于有什么危险。我这里也会帮忙调查一下。"

"请问……"

有件事我委实挂意。说来只怕有些失礼,可为何一介旧书店的店主,竟能洞悉局势,分析得有条不紊呢?而且,更令我不解的还有另外一桩。

"请问堀田先生和家父……?"

堀田先生点了头,"认识呀。五条辻政孝君,是我学生时代的朋友。"

"真的吗?"

勘一先生咧嘴一笑,"我就说嘛。像这样高贵的千金小姐,阿爹和她们的父亲一定都很熟啊。"

堀田先生同样满面笑容。勘一先生接下去说:"别瞧咱们家现在守着一间没人上门的旧书店,我祖父名叫堀田达

---

* 于日本明治维新至颁布宪法前,仅次于皇族的贵族阶层,受封世袭爵位。

吉,听过吗?"

堀田达吉先生?

"啊,在他恢复堀田的姓氏前,叫作'三宫达吉'。"

三宫达吉?莫非是……!

"是那位被誉为'铁路巨子'的三宫达吉先生吗?"

勘一先生使劲点了头。太令人震惊了,我当然听过这位富商大贾!三宫达吉先生于明治年间和一位财阀千金结婚,在铁路事业上获致成功,于政坛与财界皆是呼风唤雨的大人物。我曾听父亲提起,三宫先生一度是领导日本的重要人士。后来,他突然宣布退隐,也与三宫财阀断绝关系,以后音信杳然,再没听说过他的消息。

没想到,这样一位赫赫有名的人物,竟是勘一先生令祖!

"所以啦,别瞧阿参现下的模样,他好歹是从剑桥大学毕业,年轻时算是有点声望,时常跟在祖父后头到处兜转,人面挺广的。"

"真是失敬!"

原来是这么回事,这一来许多事都说得通了。

"喔,这么说,勘一先生说得一口漂亮的标准英语,便是由您亲自教导的吧?"

堀田先生苦笑起来,"顶多算是剑桥腔吧。我当初的确想教他上流阶层使用的英语。"

第一章 〈On The Sunny Side Of The Street〉

"为了学英语这档子事,甭提当初吃了阿爹多少苦头哩。倒是没想到,眼下这时局挺能派上用场的。"

这时,屋后传来喀啦喀啦的推门声,还有个小女孩喊了一声"我们回来喽——"。从客厅虽然瞧不见,但这宅邸除了店面的正门,显然还有另一处后玄关。随着一阵啪答啪答的脚步声,出现了一个约摸十岁的小女孩,以及一位身穿碎白花纹和服及劳动裤裙的妇人。妇人见了我,略显吃惊地咦了一声,搁下手上的东西,跪坐下来。小女孩也模仿妇人的动作,一屁股坐下,一双圆滚滚的眼睛笑眯眯地看着我。

"家里来了客人?"

这位妇人该是勘一先生令堂吧。我连忙敛襟端坐。

"你还记得吗?五条辻政孝君。"

"喔,记得记得,当然记得!"

"这位是政孝君令嫒,咲智子小姐。"

"哎哟,当真?"

堀田夫人对着我温柔微笑。那是非常开朗,让人感到心头流过一股暖流的笑容。

"你好,我是堀田的妻子美稻。"

"夫人好,我是五条辻咲智子。"

"至于在那边的小不点哩,"勘一先生指向小女孩,"叫作和美,大山和美。"

大山和美小妹妹？我原以为这位一定是勘一先生的妹妹了，但姓氏不同，难道不是吗？

"和美是所谓的战地孤儿。在因缘际会下，来到咱们家待下了。"

"你好！"

"你好。我们来做朋友吧？"

和美是个可爱又活泼的小女孩。从她开朗的笑容中，丝毫察觉不到沦为孤儿的悲剧。现如今，东京街头到处都是像这样的可怜孩子，往后想必还会愈来愈多。

"唔，其他的事留待以后再说。差不多该用午膳了吧。"

第一章 〈On The Sunny Side Of The Street〉

四

"牛油一磅索价一百圆呢！"堀田夫人将午膳摆上矮桌时说道。

"不久前不是五十圆吗？"堀田先生相当讶异。

"物价简直涨翻天了。"堀田夫人皱着眉说道。

说来惭愧，我对物价毫无知悉，倒是常听帮佣的阿花嫂抱怨柴米油盐的烦恼。

随着战争结束，不知从何而来的物资开始大量涌现。不过，那些东西几乎都是在称为黑市的地方做交易的，没有订定统一的价格，听说都是由买卖双方当场随性讨价还价，拍板成交的。

"唔，这种乱象还会持续一阵子吧。"堀田先生应道。

我原想帮忙张罗餐食，但厨房里已经备妥了搁有地瓜的味噌汤、炸马铃薯饼以及白饭。

"对不起哦，让华族的千金小姐吃得那么寒酸。"

"请千万别这么说！"我连忙摇手，心怀感恩地举箸。

街上到处都是没法享用热汤饭菜的人，若还不懂得感谢，可要遭天打雷劈了。

话说回来，如今，能备出这样的菜色已算相当奢侈了。不愧祖上曾是财阀，堀田家即便值此乱世，仍能保有一定的生活水准。

对了，我方才瞧见勘一先生抽的是 Lucky Strike 的洋烟。我记得现在规定不准买洋烟，不晓得他是如何取得的。

"接着方才的话题。"堀田先生开口说道。

"您请说。"

"如果咲智子小姐愿意，暂时待在我们家比较妥当吧。"

已经听说了事情原委的堀田夫人也笑着点了头，"真教人开心哪！家里一下子来了两个女孩。"

此话一出，堀田先生和勘一先生一齐露出了透着淡淡忧伤的笑容。我心想也许另有隐情，可毕竟探询别人的家务事过于失礼，于是没敢多问。

"可是，这样未免太给您府上添麻烦了。"

"哪儿的话，我恰巧搭救，也算是个缘分。直到把状况弄个水落石出、可以采取行动之前，你尽管待在这里好好休息吧。"勘一先生同样劝我留下，却边说话边挥着筷子，惹来堀田夫人训了他没规矩。

"咲智子姐姐，你留下来嘛。"和美也笑眯眯地望着我说。

第一章　〈On The Sunny Side Of The Street〉

"你这个吃闲饭的搅和啥?"

"勘一——,要你管!"

看来,和美是个天不怕地不怕的小丫头。接下来,她和勘一先生两人又继续一句顶过一句,简直在讲对口相声似的,听得我忍不住咯咯发笑。

"关于令尊令堂的下落,由我负责调查。别担心,我自有门路。我还想好好多活个几年,绝不会胡来的。"

现下的我孤身一人,什么事都做不了。到了这个地步,也只能接受堀田家的盛情了。

"真的可以这样麻烦你们吗?"

堀田先生央请太太把相本拿来。堀田夫人从隔壁看似佛堂*的房间里拿来了一册皮革封套的相本。堀田先生揭了几页,忽然说了一句"喔,就是这张!"并且递给我看。

"啊!"

照片里有年轻时候的父亲。旁边还有很多外国人,看起来应是一起拍照留念。

"这个是我,没错吧?"

站在父亲前方的,的确是年轻时的堀田先生。父亲将手搭在堀田先生的肩上揽抱,笑得很开心。单从这张照片,即可感受到他们两位深厚的友谊。堀田先生的神情好似回

---

*　设有日式佛龛的房间。

到了昔日的时光。

"我在剑桥的时候,他刚好也来留学。虽然比我小两岁,不过我们很聊得来,还常常一起开车四处旅行喔。"

"真的呀?"

我确实听说父亲曾到剑桥留学两年左右。印象中曾听他提过,在那里和一位日本留学生交情匪浅,度过了一段快乐的时光。原来,那位留学生便是堀田先生。

"后来因为有些缘故,回国后我们就无缘再会了。不过,那绝不是因为我们交恶了,只能归咎于一些庸庸碌碌的凡间俗事。政孝君和我的友情,直到今日依然没有改变。"

"是呀,久久没能叙旧,真让人遗憾哪。"堀田夫人惋惜说道。

堀田先生也点点头,"借句勘一的话,能有这个机会见到政孝君的千金,想必是注定的缘分。不必客气。这里虽然有点小、有点旧,尽管当自己家住下吧。不,应该说,希望你看在我和政孝君友谊的分上,答应留下来。"

堀田先生这番话教人感激得热泪盈眶,我唯有深深一礼,央请多加关照。先是承蒙父亲旧友的公子搭救,接着又有缘相认,只能说这一切都是上苍的安排。

"既然决定留下来,"堀田先生搁下了筷子,正色说道,"最好把名字改一改。"

第一章 〈On The Sunny Side Of The Street〉

"改名字?"

大家一齐看向堀田先生。

"我方才说过,想必有四面八方的人马都在觊觎那只木盒里的文书,眼下的情况远比咲智子小姐想像来得危险,说不定还会危及性命。"

和美的眼珠子瞪得滚圆,堀田夫人也眨巴着眼睛。

"这么严重啊?"勘一先生惊讶问道。

堀田先生眯起右眼,蹙起眉头,"现如今,我国陷入一片混乱之中。假如只有 GHQ 一个单位倒也罢了,问题是我国军部解体之后,有不少沦为平民的人士都成了危险分子,加上企图趁乱夺取政权的黑道流氓遍地皆是,台面下一片暗潮汹涌,远远超乎我们这种平凡的市井小民所能想像。"

堀田先生沉重的语气,听得在场的人个个倒吸了一口冷气。

"所以,咲智子小姐还是暂时换个名字假扮别人,比较安全。唔,慢着……!"

堀田先生倏然看向勘一先生。勘一先生满头雾水地伸手指着自己,不懂父亲的言下之意。堀田先生突然堆起一脸笑容,满意地点点头。

"就当是勘一的媳妇儿好了!"

"啥?"勘一先生宛如被东西噎着似地瞪大了眼睛。

"咲智子小姐嫁入咱们家,成为勘一的妻子,可说是再好不过的伪装了。"

"先生的意思是让我们结婚吗？"

"阿爹！这这这……！"

"别急，没人要你们真结婚，只是伪装的手段罢了。我想想……，既然名字是咲智子，不如换成同音字的'幸'*，以免别人叫唤时听不惯。至于故乡，就用美稻娘家的横滨。姓氏呢，叫作辻本，辻本幸。就说是美稻娘家相识的姑娘。时势维艰，不好铺张办婚礼，总之已在亲友的祝贺之下嫁入了堀田家，从此改用夫姓，成为堀田幸。这节骨眼上，就这么办吧！"堀田先生说完，露出了微笑。

我不由得和勘一先生面面相视。此时此刻，两人的脸上，不晓得各自是什么样的表情。

午膳过后，堀田夫人领着暂时借宿的我上了二楼。那是个六铺席大的房间，窗外可俯看院子。房里有书桌和衣柜，甚至还有张梳妆镜台。

"这里呢……"堀田夫人带点遗憾地看着我的脸说道，"原本是勘一他妹妹的房间。"

"是令媛的房间？"

堀田夫人轻轻点头，"她在那场仗里……"

---

* 日语中的"咲智"和"幸"发音相同。

第一章　〈On The Sunny Side Of The Street〉

　　在这个动荡的时代，单是这句话，已足以代表千言万语。我躬了身，请她节哀。

　　"若不嫌弃，你就住在这里吧。"

　　"哪儿的话，感谢都来不及了！"

　　我怎么可能会介意呢？问了以后才知道，勘一哥的妹妹和我约摸相同岁数。

　　"那孩子的衣裳和杂什，都还留在衣柜里。我瞧着你们的身形差不多，不妨随意穿用吧。"

　　"夫人，有件事想和您说……"

　　"怎么了？"

　　我们两人起先是站在房间中央谈话的，我顺势在原地正身跪坐。堀田夫人虽一脸惊讶，也跟着在我面前坐了下来。

　　"看来，带在我身上的重要物件，有可能会引发轩然大波。为尽量不增添各位的困扰，承蒙先生方才的提议，容我暂以媳妇的身份躲藏在堀田家。"

　　"是呀，请你务必留下来。"

　　"那么，请夫人当我是自家的女儿。"

　　"女儿？"

　　"请您把我当做勘一哥的媳妇儿，严格地教导我这个家的规矩。尔后有劳惠予指导。"

　　我跪膝齐手，深深伏礼。堀田夫人忽然咯咯笑了起来。

"哎，阿幸，放轻松点儿。"

"是。"

"把自己绷得那么紧，可没法长命百岁的唷。你瞧瞧那个。"

"那个？"

我随着堀田夫人手指的方向，望向那道墙壁。方才没察觉墙上写了几个墨字。

"'笑脸迎人的女子是活菩萨'？那是什么意思呢？"

堀田夫人夸张地皱了眉头，"咱们家的老爷说是要留下家规，兴致一来便在墙上提笔写字。你没发觉吗？店里也写了好多条目呢。"

"真的吗？"

堀田夫人牵起我的手，"总之，咱们家老爷的意思是，只要女子笑脸迎人，就能和菩萨一样，把幸福带给身边的人。所以你尽量放宽心，面带笑容，轻轻松松过日子吧。还有，别再称我夫人了，就叫我阿娘吧。"

"万分感激！"

我真的、真的好高兴！眼下，父母不知去向，我仿佛成了一个弃儿。虽是为了帮我隐匿真实的身份，才用了宣称结婚的权宜之计，可我真觉得自己来到了一个充满关怀的新家庭里。在心头翻搅多时的焦急不安，顿时烟消云散了。

第一章 〈On The Sunny Side Of The Street〉

"阿娘……"

我略带羞赧地唤了一声,阿娘温柔地笑着看我,问说什么事?

"不好意思,现在就有件事想麻烦阿娘。"

"真教人开心哪。你尽管说吧。"

"可以请您帮我把头发剪短吗?"

"剪头发?"阿娘微微皱起了眉头,"你要剪掉这头乌黑的长发?"

"是的。如同阿爹说的,既然我成了危险目标,自己也得尽量努力化身为另一个人,别拖累了大家。"

我想,剪去长发,换成如同少年般的短发模样,给人的感觉应该会有些不同。

阿娘思索了片刻,温柔地捧起我的手,"当真要剪?"

"是的。"

嗯,反正头发还会再长。

镜子里的我,简直变了个人似的。阿娘担心我不习惯这个新发型,其实她多虑了,我倒觉得自己挺适合这种模样呢。头上顿感轻松许多,不由得俏皮地甩了甩短发。

"好!"

从这一刻起,我就是阿幸。由五条辻咲智子化名辻本幸,再变成堀田幸。从今天起,我就是"东京BANDWAGON"

古书店的媳妇,也是这个家的女儿。

　　事已至此,磨磨蹭蹭的可不合我的性子。即便只是个伪装的身份,毕竟身为古书店的女儿,就得立刻学会店务,还要帮忙打理里屋的大小家务,还是先换下这一身装扮吧。
　　勘一哥的妹妹果真和我身材相仿,留下来的衣裳件件合身,皆可直接穿用。我就身上这一套衣服,实在感激这项巧合。衣柜里摆着穿旧了的浅黄色衬衫及深蓝色的裙子,猜想该是他妹妹的居家衣物,换穿以后便下楼去了。
　　客厅里,只剩下和美与猫咪在玩耍。
　　"咦?你把头发剪掉了喔?换衣服了喔?"
　　"嗯。好看吗?"
　　"真好看、真好看!"和美拍着手赞美我。
　　不知道和美是否认识勘一哥那位过世的妹妹呢?问了以后,她说不认得。
　　"我也刚来这里不久,呃……大概两个星期吧。"
　　"这样呀。"
　　我走向店里,和美也跟了过来。阿爹和勘一哥正在谈话。两人见了我,同样显得有些惊讶。阿爹旋即露出了笑容。
　　"唔,真好看!"
　　"谢谢阿爹的称赞。"

第一章 〈On The Sunny Side Of The Street〉

"你把头发剪掉了哦?"

"是的。"

勘一哥嘴里嘟囔着什么。

"怎么了?"

"喔,没,只是觉得挺好看的。"

"谢谢。"

"抱歉啦,暂时容我直接唤你阿幸吧。"

"勘一哥,那是当然。"

勘一哥整张脸涨得通红,伸手往那颗鸡冠头搓个不停。他难为情的模样怪好玩的,我忍不住噗嗤笑了出来。

对了,我一直想问他,为什么要顶着那种奇特的发型。

"请问,勘一哥的发型……?"

"哦?你问这个啊?"阿爹的嘴角漾起了别有深意的微笑,"嗯,就当是他的喜好吧。"

原来是勘一哥的喜好。这发型还真是稀奇古怪哪。

"我看,"阿爹望着勘一哥的头顶说道,"你也去剃个头吧。"

"剃头?"

"至少,你在上野车站前,已经被 GHQ 的人员目睹了长相。幸或不幸,那颗怪头想必让对方留下了深刻的印象,剃掉头发以后,应该给人感觉很不一样。"

"喔,对哦。"勘一哥也点点头,显得格外开心。

"终于找到正大光明的理由,可以剃掉这撮头发了哩!"

"咦,方才不是说,是勘一哥喜欢蓄成这个模样的吗?"

"这……呃……唔……"

勘一哥说得期期艾艾,一旁的阿爹也笑得颇为神秘。

"总之,我去剃个头就回来!"

不待说完,勘一哥已经飞也似的冲出了店门外。

我留在店里,请阿爹教导我"东京BANDWAGON"是怎么做生意的。和美坐进账台里,开始读写功课。

"嗯,如你所见,打仗期间,书册都被政府征收了,咱们开古书店的几乎没法做生意,有些同行不得不改开租书店,咬牙苦撑。当然,关门大吉的也不在少数。"

"这样呀。"

"……不过,以上是说给外人听的。"

"您的意思是?"

阿爹若有深意地笑了起来,"承蒙老天爷赏饭,咱们家有些门路,拿到了不少好物件,可这事不能对外头说去。院子的那座库房里的藏书,就算再开上十家店铺都不成问题。只是顾虑时局,佯装没书可卖的模样。"

原来是这么回事。也对,既然堀田家在政府与军方有不少人面,或许可享有一些通融。正当我想进一步多问一些时,店门上的铃铛一响,有人推门进来了。

缓步而入的是位五十开外的绅士。阿爹见状,脸上闪

第一章 〈On The Sunny Side Of The Street〉

过一抹惊讶的表情,旋即换上了愉快的微笑。

"大师,许久没向您问安了。"

"喔,草平君。太好了!这里安然无恙,真是太好了!"

走上前来的绅士由衷欣喜地握着阿爹的手。该怎么形容呢,这位绅士散发出一股文人风范,即便是初次见面的我也能感受得到。或许是一位小说家吧。

两人聊了好一阵子,一会儿提起和某人久别重逢了,一会儿又谈论战争结束的话题,共享浩劫余生的喜悦。从他们的聊谈中,这位绅士透露自己早前到西多摩郡的吉野村那边避难了。说着说着,那位绅士忽然看向我:

"喔,不好意思。请问这位是?"

阿爹同样望着我,点头回答,"您还记得小犬勘一吗?"

"当然记得呀!"

"这是他的媳妇儿,名叫阿幸。"

我向绅士请安,自称阿幸。这位绅士的脸上随即绽开了一个大大的笑容。

"哎呀,真是喜事!敝姓吉川,是个摇笔杆的。我和这里的交情是从上一代店主就开始了。"

后来,阿爹请吉川先生进了客厅,又聊了十来分钟左右。原以为还会再聊久一些,没想到吉川先生就从后门回去了。

"怎么没多坐一会儿呢?"

"嗯。"阿爹应了一声,脸上的神情有些感伤,"战败一事,似乎令吉川先生深受打击。听说他决定暂时封笔,因此有时间四处兜转晃悠。"

"这样呀。"

"对了,"阿爹问道,"阿幸熟悉日本小说吗?"

"对不起……"我愧疚地道了歉。虽然多少读了一些,但相关知识真的不多,实在不配称为古书店的媳妇。"往后我会努力学习的。"

阿爹听了,高兴地点头称许,"这位吉川大师笔下的故事相当精彩,值得读阅。"

"我会的。"应允之后,我想起了方才没能问成的疑问,没法憋在心底。"有件事想请问阿爹。"

"什么事?"

"我想知道,勘一哥的祖父大人,三宫,喔不,是堀田达吉先生——"

话才说到这里,阿爹已微笑着接口道:"你想知道,为什么这样一号大人物的儿子,如今却是一介古书店的老板吗?"

这话委实难以启齿,但阿爹所言的确没错。连不谙世事的我,都听过三宫达吉先生的响亮名声。当然,自我懂事之时,三宫先生早已是传奇性的人物。我还记得父亲十分钦佩他的功绩与人品。

第一章 〈On The Sunny Side Of The Street〉

"嗯。"阿爹微笑着点了头,"开设这家古书店的,正是我阿爹。"

"是祖父大人开的?"

"唔,简单来说,财界和政界错综复杂的内幕让他感到心力交瘁,于是他选择了遁隐于市街小弄喽。"

原来有这么一层缘由。

阿爹苦笑着接续说道:"原先,我压根没打算接下这家店。"

阿爹说,那时自己年轻气盛,对于抛弃了一切,带着家人来到这里过着避人耳目小日子的父亲非常愤怒。

"其实,我当时想开一家报社。"

"报社?"

"对。"阿爹点点头,"为了成立报社,我可是到处奔波呢。当时真是用上不少父亲留给我的宝贵人脉。"

三宫达吉既有"铁路巨子"的称誉,必定在财界与政界皆拥有绝大的影响力,可以想见各方面的人脉相当可观。

"别瞧这间破旧的古书店,这可是家父耗尽所有的财产建立的。为数庞大、令人咋舌的'智慧遗产',全让他搜罗到咱们家了。"

想必那些便是阿爹方才提到,存放在库房里的藏书了。

"来自古今东西的书册,全是人类智慧的结晶,岂能不善加运用呢!我原本矢志以报社社长的身份,将这些睿智广泛传播给所有的民众,无奈天不从人意,铩羽而归。于是,这才成了'东京BANDWAGON'的第二代店主。"

阿爹说,他在成立报社的筹备过程中,由阿爹的阿爹,也就是"铁路巨子"堀田达吉先生的人脉中,结交到许多知己。

"有些是军方人士,有些是政府要员。你父亲也是其中一位喔。"

"我跟你讲喔!"和美突然抬起头来,笑开了脸,"草平伯伯说过这样的话唷!"

和美猛然站起来,朝账台后方的墙壁跑了过去。不晓得什么缘故,有面屏风紧靠在墙壁前。和美嗨哟一声,使力搬开了屏风。

"啊……"

只见墙上挥毫着一篇意气风发的墨宝:

"举凡与文化、文明相关的诸般问题,皆可圆满解答"

阿爹不禁苦笑起来。

"草平伯伯说,这是堀田家的家规。然后,他还说,我也属于这个'诸般问题'里的其中一件喔。"

"真的呀?"

对了,我还没请问和美住进这个家的经纬。一口气请教太多事,怕不把自己给弄糊涂了,过些时候再提问吧。

"就当是血气方刚的举动吧。写下这则家规已经是二十

第一章 〈On The Sunny Side Of The Street〉

多年前的事了。"

阿爹说,毕竟身处战时,暂以屏风遮掩墨迹。他伸手温柔地抚着和美的头,朝我微笑。

"不管发生任何问题,只要凭着智慧和团结一致,必定能够迎刃而解。愁眉苦脸的可不成,大家都得开开心心过日子才好。"

"好!"

我身上背负的,恐怕不是区区小问题,而是天大的麻烦。不过,有堀田一家人——阿爹、阿娘、勘一哥以及和美围绕在身旁,我感到了无比的安心。真不可思议。

五

在堀田家度过的第一个晚上,和美说是怕我孤单,于是来到我的房间陪着一起睡。我是个独生女,现在多了和美这个妹妹,一下子太开心了,忍不住说了好多以前的事给她听,两人就这么聊到了深夜。经过了漫长的一天,疲惫不堪的我沉沉睡去,连和美是什么时候睡着的都不晓得。

等到我睁开眼睛,早已日上三竿,本该睡在我身边的和美已经不见踪影了。我手忙脚乱地换穿衣裳,赶着下楼。

"对不起,我睡晚了!大家早安!"

客厅只见和美正在收拾自己的碗盘。矮桌上仅剩一副碗筷,应该是给我用的。勘一哥和阿爹的声音从店里传来。这下我真的慌了,赶忙冲进厨房里。

"阿娘!"

阿娘苦笑着摆了摆手,"别急别急。昨天累了一整天,今天大可睡个饱嘛。"

第一章 〈On The Sunny Side Of The Street〉

"对不起。"

"今天好好休息一天，习惯习惯这个家的生活，明天起再正式成为咱们家的女儿，和大家一起做事吧？"

真感激阿娘的体贴。我已经好久没睡那么迟了。尽管阿娘说慢着来别急，我还是囫囵吞下早膳，拾掇碗筷，赶紧漱洗及整理仪容。

时序已是十月下旬，水温变得有些冷凉了。这里的院子种有好多花草，还有一株茂盛的樱树，入春以后，想必会绽放满树红粉吧。金桂的芬芳也隐约飘送过来，真不懂自己昨天为何没有闻到。我打算稍后到院子里欣赏一番。

我先到店里，阿爹和勘一哥正在整理书柜。他们不是在摆放书册，而是在搬动整座书柜。

"嘿，早啊。"

"早安。"

随着一阵嘎嘎作响，阿爹移开了一座书柜。我定睛一瞧，原来那一处地板没有封上木条，下面装设了轨道。

"书柜设计成移动式的吗？"

"对啊！"勘一哥搓着剃成了利落的五分头应道，"很方便吧？已经好久没维修了，想着该上上油了。"一旁的阿爹也点着头应和。

就在这个时候……。

"不如顺便也帮你那颗头上点油吧？"

不知打哪儿来的男人话声,着实把我给吓了一大跳!环顾店内,分明只有阿爹和勘一哥两位男士而已。

勘一哥不耐烦地喷了一声:"是乔啊?"

"乔?"

喀喀,皮鞋声响从店铺的另一侧响起,接着从书柜后方探出了穿着白西装的男士身影。他手拿一顶白色的单凹绅士帽,伸手掸了掸上面的尘埃。这位男士身材相当高挑,五官轮廓格外深邃,有双蓝眼睛,但发色是黑的。

"打扰了,草平先生。喔,还有勘一。"

阿爹点了头,不发一语。勘一哥则摆起臭脸。

"你这家伙,几时进来的啦?"

"刚刚呀。精确地说——"被称为乔的男士扬起手腕,挪提袖口,露出了一只看似纯金的手表,显然价值不菲。"——是在一分零三秒前。"

我弯下腰,往店铺的另一侧探看,那边好像还有一道门,他大概是从那里进来的。不过,他为何要鬼鬼祟祟地溜进来呢?

"幸会。"乔先生笑嘻嘻地站到了我的面前。他应该带有外国血统,比电影里的一般明星来得俊美多了。

"幸会。"

乔先生迅然伸手轻托起我的手背,献上一吻。我虽有些吃惊,还好以前经验有过这种社交礼仪,不至于惊惶无

第一章 〈On The Sunny Side Of The Street〉

措,于是微微屈膝作为回礼。
"乔!你这家伙!"
"只不过向淑女致意罢了,你紧张个什么劲儿?"
勘一哥打从方才就格外心浮气躁。看来,他和这位乔先生相当合不来,简直可说是水火不容。
"阿幸。"阿爹唤了我。
"是。"
"这位男士名叫高崎乔。职业是……唔,就说是贸易商吧。"
"贸易商?"
乔先生俏皮地朝我眨了眼,点了头。
"他给咱们家行了不少方便。这时局,咱们还能买到种种所需物资,生活上没什么不方便,都该谢谢他的协助。他不是个坏人,你可以尽管放心。"
"我明白了。"
"那么,"阿爹向乔先生问道,"你无故现身,莫非是?"
"草平先生,您猜得没错。正是冷狐命令我来的。"
冷狐?那是谁?所谓的命令又是什么呢?
"不愧是冷狐,消息真灵通!"
"也不需要多灵通啦。"乔先生朝勘一哥投去一瞥,"他吩咐我去找出一个男人,说是带走了一个别有隐情的上流名媛。据说那个男人气势汹汹,讲不到两句话就抡起拳头来，还说得一口流利的标准英语。光凭这些描述，我当下就知道是谁了。符合上述条件的男人，我看就是打着灯笼寻遍东京，也找不出第二个人吧。"

乔先生再度将视线移到我身上。不过，这回他敛去了眼底的笑意，而是目光如炬，一脸严肃。

"幸嫂子。"

"请说。"

"从今天起，我誓死保护你！"

"保护我？"

他说要誓死保护我？为何初次见面，他就起了如此重誓？

勘一哥忽然移身挡在我和乔先生之间。"（Mr. 高崎，请收敛一些！容我明说，你那令人作呕的态度，每每使我怒不可遏！）"

不知什么原因，勘一哥用他那口漂亮的标准英语对乔先生说话，而且看似面带笑容，其实脸颊已因愤怒而不停抽搐了。

"（勘一君，为什么要特地用英语说话呢？你平常不都是用拳头和人沟通的吗？）"

乔先生同样以流畅的英语应对。他看似带有外国血统，又是个贸易商，自然说得一口好英语了。

"（使用英语表示我正在克制自己，Mr. 高崎。总不成在

第一章 〈On The Sunny Side Of The Street〉

Miss 咲智子的面前和你动手吧?)"

"(勘一君,是 Mrs. 幸哦!虽说你们是假结婚,好歹昨天已经成为你的妻子了,不是吗?你给我留神点。再说,你不愿在 Mrs. 幸面前和我动手,想必是怕在 Mrs. 幸的面前挨揍,丢人现眼吧?你那顶帅气的鸡冠头,不就是几个月前和我决斗认输的证据吗?)"

原来是这么一回事呀。看来,这两人果真是一山不容二虎。即便是一无所悉的我,从两人这番针锋相对,已足以感受到他们势不两立了。勘一哥凶狠狠地瞪着乔先生,气得牙痒痒的。

始终在一旁静观事态的阿爹,露出了没好气的表情。

"够了吧?你们两个在那儿用英语长篇大论,听得我头都发疼了。"

阿爹出言劝阻后,两人这才不服气地各自扭过头去,勘一哥往账台边一坐,乔先生则是从墙边拉来一张棉绒绷布的椅子坐下。落座后,乔先生这才想起一事似地央托我:

"啊,幸嫂子,麻烦你一下。"

"请说。"

"可以帮个忙,把'closed'的牌子挂出店门,并且上锁吗?"

"好的。"

店门旁吊着一块以油漆手写的"closed"门牌,当然,背面写的是"open"。我虽有些怀疑只卖日文书的古书店，会否有外国顾客上门，转念一想，依阿爹的经历和乔先生来访一事，或许这里常有外国人登门造访。况且现在整个东京处处可见美国人。

自从战争结束，盟军将最高司令官总司令部设于日比谷之后，那些逃过战火的店铺和街道，几乎都在一夜之间挂上了英文的店招和路牌，连车站里的显示板也加上了英文标示。这些变化虽令我有些讶异，往后这样的情形应该会愈来愈普遍。对于我们这些受过英文教育的人来说，生活上不至于造成不便，不过，这个国家未来会演变至何种样态，毕竟让我感到有些不安。举个例子，比方像和美这样的孩童，是否从小就要接受英文教育呢？

话说回来，大白天的，为什么要锁上店门呢？难道是要谈机密之事，不希望让外人听去了？

乔先生扭开了摆在旁边的收音机。先是传出嗞嗞嗞的调频声，不久便流溢出爵士歌曲的旋律。这是特别为来到日本的美国士兵播放的。

曲名是《On The Sunny Side Of The Street》*。

---

* 爵士曲《On the Sunny Side Of the Street》1930 年由吉米·麦克休（Jimmy McHugh，1894-1969）作曲，多萝西·菲尔茨（Dorothy Fields，1905-1974）作词，中译名《阳光大道》。

第一章 〈On The Sunny Side Of The Street〉

这是首轻快的曲子，我也非常喜欢。里面有段歌词是"抛开烦恼，一起走向光明的大道吧！"对于尚未走出战败阴影的日本来说，这首歌或许有些乐天知命，但既然战争已经结束了，总该振作起来，一切向前看。

对了，乐天知命的英文是"happy-go-lucky"。光看字面就让人感到欢乐，不是吗？

"所以呢？那家伙说了些什么吗？"阿爹问了乔先生。

乔先生点点头，从西装内袋里掏出一张纸片，递给了阿爹。阿爹把纸片揭开来，勘一哥也凑过去探看。读着读着，两人渐渐皱起眉头。

"果然是这么回事。"

"阿幸，阿爹昨天说得没错。"

"果真如此……"

"很遗憾，"勘一哥说道，"事情正如阿爹所推测的，装在那只木盒里的，看来真是不得了的宝贝哩！"

原来真如阿爹所言。我已经有了心理准备，只轻轻点了头。

"不过，就连那个老头，也还没摸清对手的底细吧？"

"不准称他老头！"乔先生立时发了怒。

"好好好！"勘一哥无奈地改口道，"那位冷狐先生——这样可以吧？"

方才他们也提过这个名字。我猜，应该是某位人士的绰号。冷狐，或许是用来形容那个人的冷酷。

乔先生谨慎地朝门外瞥了一眼，才面向阿爹说道：

"有心人士恐怕正觊觎幸嫂子带在身上的那个物件。这事不晓得要花多少年才能解决。"

"得耗上几年工夫？"勘一哥惊讶问道。

"没错，得耗上好几年。至少要等到日本这个国家重新站起来，不，该说是获得新生以后。"

勘一哥把胳膊抱在胸前，倾着脖子思忖片刻之后，说道：

"乔，这么说……"

"我可没打算和你讲话。"

"少啰唆！我的意思是，就算把这么危险的东西赶快处理掉，也绝非上策喽？咱们反倒该好好保卫这件宝贝，对吧？说不定，对于不久的未来以及此时此刻的日本，这将是一帖起死回生的特效药哩！"

"哗！"乔先生感佩地赞叹一声，还吹了个口哨，"看来，你真是草平先生的亲生儿子，如假包换呢。——前鸡冠头的勘一君，你说得没错！"

"'如假包换'这几个字是多余的！——鹰钩鼻的乔先生。"

"我们绝对不能让人知道有这件宝物，而且无论如何都得保护它。"

第一章 〈On The Sunny Side Of The Street〉

两人互相调侃了几句后,转头看向阿爹和我,正确说来是望着斜挂在我肩下的背袋,更精准的说法是袋内那只木盒里的物件。

"乔,总而言之……"

"嗯?"

"你得暂时住在咱们家吧?"

乔先生点了头,证实了阿爹的问话。"就是这么回事。请多关照。"

乔先生的意思是,要在这里保护我,不,是保护这只木盒吗?从方才的谈话推论,我想,这可能是乔先生口中那位冷狐先生的命令吧。

勘一哥顿时撇了嘴。我还以为他又要找乔先生斗嘴了,没想到猜错了。

"这也是没法子的事。那,你去住一楼的厢房吧。"

阿爹大抵是窥见了我颇感意外的表情,猜出了我心里的讶异,于是咧嘴笑着说:

"阿幸。"

"是。"

"别看他们两个,一见面就像见了仇人似的拌嘴打架,其实他们非常了解彼此。"

勘一哥和乔先生互看一眼,旋即扭头别开了视线。

"他们都很清楚,假如同样身负必须保护你的任务,再没有比对方更值得信赖的伙伴了。"

"真的吗?"

"论近身格斗,以腕力较强的柔道高手勘一居上风;但若非肉搏战,则以手臂较长、步法灵活的拳击名人乔获胜。上回两人就是比了一场乔擅长的搏斗,结果勘一打输了,所以才蓄了那头怪发型,对吧?"

勘一哥又伸手摩挲着头顶了。"半年前,赢的可是我哩!就凭一招过肩摔。对吧,乔?"

乔先生不置可否地耸耸肩。

"阿幸,我方才说过,乔是个贸易商。"

"是。"

"不过,他也是我一位老朋友忠诚的看门狗,且这狗屋还不是盖在大门旁,而是摆到后门边的。我那位诨名冷狐的老朋友,可以说是这个国家的政府高层。至于详情,你还是不晓得才好,所以他的真名我就不说了。不过,有件事可以让你知道。"

"阿爹请说。"

"冷狐也是政孝君的一位旧交。基于他的立场,非常了解你身上那只木盒里头的物件有多么重要。依照目前得到的讯息,政孝君似乎曾经和他商讨过事态恐将演变至此,并且预先做好了准备。"

这件事太令我震惊了!

第一章 〈On The Sunny Side Of The Street〉

"GHQ完全查不出你的下落。一开始被他们抢先一步，算是冷狐的失策，但现在他已经知道你在这里，并且决定不更换地点，让你继续留在这里比较安全，并且暗中派遣他的部下开始活动了。为了要同时保护你和那只木盒，他派了乔过来。若说勘一救了你是上苍的安排，那么政孝君能有冷狐这位政府要员的老友，同样是老天保佑吧。"

"就是说啊。况且这个环境……"乔先生微笑补充，"依照惯用的搜索方式，那些家伙大概拼命找和五条辻家相关的上流阶级逐户搜寻，不然就是往另一个极端，到贫民窟里找人。这里是东京少数逃过战火肆虐、保有往昔平凡日子的庶民街区。只怕他们连作梦都没想到，华族的千金小姐竟然会化身为古书店的媳妇，在这种小地方落脚吧。"

"说得也是。俗话说远在天边，近在眼前咧！"

事情真如他们说的吗？这方面我实在不懂。

"冷狐吩咐我立刻掌握幸嫂子的行踪。我去调查了一下，一发现是被貌似勘一的男人带走时，不得不感谢幸运之神的安排。"说到这里，乔先生顿了一顿，看着勘一，"直白地说，我知道要真是被这家伙带走的话，一来他绝不会伤害任何人，再者拳脚功夫也不含糊，况且对女性十分害羞，不会胡来，总之可以尽管放心。"

"真弄不懂你这话到底是褒还是贬？"勘一哥说得气鼓鼓的。

说到底,这两个人实在太相像了,所以才会互看不顺眼吧。

话说回来,乔先生亦将为了素不相识的我而竭尽心力。当然,对冷狐先生而言,这一切是为了保护我身上的这只木盒。

"请问一下……"

"什么事?"

我将装着木盒的背袋稍稍捧高,"难道不能把这个背袋藏在某个地方吗?"

"为什么要那样做?"

"家父确实嘱咐我,无时无刻都得带着这只木盒。但是,如果勘一哥和乔先生必须寸步不离地保护带着木盒走动的我,恐怕太麻烦你们了。"

"所以,你觉得如果藏到某个地方,就不必麻烦我们了?"阿爹问道。

我点了头。虽然非常感激大家的好意,但实在过意不去。

"咲智子小姐,啊,不对,阿幸!"勘一哥难为情地唤了我,"打个比方,咱们把那只背袋藏到那座库房里的金库好了。这样一来,日日夜夜都得有人不眠不休地守在金库前面才行。"

"是啊是啊,"乔先生接口道,"那才叫浪费时间和人力

第一章 〈On The Sunny Side Of The Street〉

呢。如令尊所言，贴身带着木盒，才是上上之策。若是由某个人带着，保护者只要和那个人一起行动就能正常过日子，也能够同时保护那只木盒。"

"就是这样没错。"阿爹也点头同意，"只要在这个家一起生活，有勘一在、我在、乔也在。要是男士不方便在场时，还有美稻在。只要你身边总是有人陪着，就能够保护你和木盒了。况且……"阿爹又接着说，"既然阿幸的父亲交代过你，木盒千万不能离身，你应该也希望遵从父亲的指示吧？"

阿爹说得没错。可以的话，我希望能遵守父亲的嘱托，随时带在身边。

"可是，阿爹！"勘一说道，"这么一来，女性人手只有阿娘一个，实在教人不放心啊！和美是甭指望了。"

没想到乔先生听了，神秘兮兮地笑了起来，对阿爹说道：

"别担心，保护工作可是滴水不漏，我们已经做好了万无一失的安排了。玛丽亚随后就到。"

阿爹闻言，立时露出了笑容，"哦，玛丽亚会来呀。真叫人高兴哪。"

勘一哥也同样脸上笑开了花，朝乔先生伸出手，两人竟然兴奋地握起手来了。

"不愧是乔啊！太感谢你啦！没想到竟然能和玛丽亚朝

夕相处，一起生活哩！"

"嘿，我的同志，正是正是！"

怎么现下两人又变成同志了？他们不是见了面就要决斗的仇人吗？那位玛丽亚小姐究竟是何方神圣呢？正当我开口想问的时候，里屋突然传来人声：

"光是那样，还不够吧——"

我着着实实又被吓了一大跳。这是另一个男人的声音。乔先生从椅子上跳起来护在我面前，勘一哥也同样一个闪身，前去窥探里屋的状况。唯独阿爹连目光也没有丝毫游移，泰然自若地取起香烟，点了一支。

"没想到，连你也来了？"

"草平先生，久疏问候。"

从里屋后方现身的，是一位穿着简便和服的男士。那件和服的面料已十分老旧，从雅致的墨染褪成朦胧的灰色了。在那顶宛如鸟巢般的蓬蓬乱发下，有着一双温柔的眼睛，举手投足间似乎也透着女性的柔美。

"报上名来！"

原来勘一哥也不晓得这位是谁。

"喔，勘一，没关系。这个人应该也是来帮忙阿幸的。至少就目前而言。"

"打扰喽——，勘一君、乔君，还有幸夫人。"

说话间，他已移形换位，来到店里，静静地正身端坐

第一章 〈On The Sunny Side Of The Street〉

在阿爹背后,仿佛随时待命。那动作简直和猫儿一般灵巧。

"乔君——"

乔先生被点到名字,略显吃惊地看向那位男士。

"誉为'闪电拳名人乔'的你,太大意喽——。即便店面的正门关上了,这屋宅后面还有另一处玄关,那边也得留心才是呐——。虽说有美稻夫人在里屋,若是有心潜入,仍是不费吹灰之力呢——"

"啧!"乔先生懊悔地咂嘴,"居然这么快就被你们摸到这里来了!我的确太大意了。"

"乔,这老伯是谁啊?"勘一问道。

乔先生望向阿爹,阿爹回看着乔先生,缓缓点了点头。

"你们大概是第一次见到他本人。这位算是情报部的人士吧。"

情报部!

勘一哥撇了撇嘴,"原来是陆军喔。"

真没想到,这位男士竟是军人!可他没穿军服,而且怎么看都不像个军人。

"军部不是已经解散了吗?"

身穿和服的男士依然端跪正坐,神情温和,看着勘一哥。

"我所属的单位,原本就是一个虚实难辨的组织。不论国家战胜或吃了败仗,对我们的工作都没有影响喔——"

"那么,"乔先生插嘴问道,"情报部的野猫先生,来这里有何目的呢?"

"野猫?"勘一哥不解地反问。

"这典故其实不好明着讲。简单来说,就是指他们这些家伙犹如被刻意野放的猫群一般,潜伏在各个角落搜集大大小小的情报。咱们这行,管他们叫小贼猫。"

原来还有人负责这样的工作呀。

"唔。"勘一哥总算明白过来,点了头。

这时,身穿和服的男士将视线投向我。"五条辻咲智子小姐。"

我险些出言应声,话到嘴边暗叫一声糟,连忙吞了回去。我现在已经是堀田幸了,于是回答一句"您认错人了。"结果身穿和服的男士给了我一个大大的笑容,赞许道:

"了不起呐——!答得真好!堀田幸夫人。我叫和泉十郎。"

"和泉十郎先生。"

"请叫我十郎就行喽——"

十郎先生。看不出来他是几岁的人,不过应该比阿爹来得年轻、较我和勘一哥年长许多。十郎先生看了勘一哥和乔先生以后,开口说道:

"我的任务和你们相同,同样都是誓死保护幸夫人身上

第一章 〈On The Sunny Side Of The Street〉

那只木盒里的物件,直到可以把它交出去为止。所以,我们是真真确确的同志喔——"

"贵为陆军情报部的人士,连木盒里的物件都没打开来看过就跑来保护,没关系吗?"勘一哥问道。

十郎先生歪了歪脑袋,"若说真要开盒取物的时刻,恐怕就是这个国家再次天翻地覆的时候喽——。如果可以选择……"十郎先生的肩膀有些低垂,"……我祈祷那一刻永远不要到来呀——。勘一君。"说到这里,十郎先生顿了顿,抓了抓头发,"一提到情报部,大家似乎都认定那里的人个个穷凶恶极,其实,最期盼和平的,或许是我们这群人呢——"

十郎先生望着勘一哥,咧嘴而笑。勘一哥先是微微皱眉,旋即用力点头同意。

"至于我为何会知道幸夫人在这里,理由和乔君一样哦——。我从前就听过勘一君的作风喽——。因此,草平先生,我也要留在这里叨扰一阵子了,还请惠予关照。"

阿爹轻叹了一声,"勘一。"

"唔?"

"你都听到了。去帮这位十郎准备一个房间,一楼的厢房比较合用吧。让乔去睡二楼的八铺席房。"

"为啥啊?"勘一哥很不服气地反问。

阿爹朝在场的人看了一圈,说道:"毕竟他是军人,身上有不少危险的玩意,还是让他住在厢房来得妥当。"

十郎先生听了咧嘴一笑,大大地点了头。

阿爹说的危险玩意是什么呢?难道是手枪之类的武器吗?

"真是的,怎么来的净是一些得小心提防的家伙啊!"勘一哥无奈地猛搓头顶。

他话音方落,和美突然从书柜后面探出头来,把大伙吓了一大跳。只见她笑嘻嘻地问说:

"工作的事,讲完了没?"

阿爹不禁含笑而道:"咱们家最该提防的,原来是和美呀!"

"错不了!"

勘一哥笑着附和,乔先生和十郎先生也哈哈大笑,连和美都很雀跃呢。

"话说,草平先生。"十郎先生往掩饰账台后方那片墙的屏风敲了敲,"我上回来这里是好久以前的事喽——,贵府的'家规'用这东西遮起来了啊——"

"是啊。"阿爹苦笑着说道,"现在不遮住,大概也没关系了。可我挺中意这座屏风呢。……也好!"阿爹兀自点着头,"战争都已经结束了,或许该是拿开的时候了。"

"那,我收起来啰!"

说着,和美立刻动手将屏风搬走。但那座屏风对和美

第一章 〈On The Sunny Side Of The Street〉

来讲太大了，于是我赶上前去帮忙。

"我自己来就好了嘛。"

"不，让我一起帮忙。"

"也好，请阿幸帮忙摆到库房里吧，顺便进去里面瞧一瞧。"阿爹说着，从账台的抽屉里取出钥匙递给我，"至于库房里头该怎么整理，以后再慢慢教你。"

"好的。"

我接下钥匙，与和美两人"嗨哟！嗨哟！"齐声搬着屏风横越客厅。从客厅的檐廊步下院子是前往库房最近的路线。

"咦？"

和美望着院子，惊讶地喊了一声。背对院子的我不晓得发生了什么事，于是放下屏风，回头探看。

院子的正中央，站着一位抽着烟的女子抬头看着库房，或者该说是望着天空。这不是阿娘，而是一位比阿娘年轻、较我长个几岁的女子。

女子穿着一件鲜艳夺目的连衣裙，面料上的新颖花样我从没见过，漂亮极了。她腰间系上一条红色的皮带，还穿了一双同样是红色的高跟鞋，顶着一头波浪卷的烫发，宛如电影明星一般艳丽。

这位女子大概是察觉我们看到她了，忽然转过头来。啊，真是一位大美人！肌肤也宛如人偶般细致白嫩，散发着美丽的光泽。

"哦,你就是小幸?"

她唤我小幸?的确有几个手帕交*昵称我小幸。这位女子款步靠近檐廊,对着我绽放了犹如盛开玫瑰般的笑靥。

"我呀,叫作玛丽亚。多关照啰!"

这位就是玛丽亚小姐。

原来世上真有如此艳光四射的女子!我不由得发出了叹息。

---

* 手帕交意指女性间关系亲密、友情深厚的朋友,即现在所称的"闺蜜"。

第一章 〈On The Sunny Side Of The Street〉

六

阿爹说要出门办事,改由阿娘跟和美看店。阿娘说,昨天发生了那么多事,想必还没恢复过来,让我再多休息休息,于是我依言坐到檐廊那里。原以为自己没事,没想到坐下来以后,一股疲惫顿时涌了出来。

虽说时序已是十月下旬,但天气还很暖和,即便暮色渐浓,徐徐的微风和暖暖的光线仍由敞开的檐廊送了进来,感觉真舒服。不知不觉间,玉三郎和娜拉也来到我的身边蜷窝着。

想想,从昨天到今天,还不到四十八小时,却发生了好多、好多事情,仿佛已经捱过好几个月了。

交由我暂时保管的重要木盒里,藏着天皇陛下的钦谕。

在路上承蒙勘一哥的搭救后,却发现有家归不得,而且父母下落不明。

认识了阿爹、阿娘及和美,在这个家住下。

然后是乔先生、十郎先生和玛丽亚小姐为我而来。

我的生活，真正起了翻天覆地的变化。

"喏，娜拉，你说对不对呀？"

我抚着娜拉的背毛，它喵了一声。玉三郎正在舔毛。我有些不安，不晓得往后还要面临哪些考验，也担心父母到底被带往何处、现在过得好不好。

然而，我毕竟是"处变不惊的小幸"，又或者因为有勘一哥他们的陪伴支持，给了力量，我深信事情总会解决的。

勘一哥和十郎先生的声音从厢房传来。不晓得是还没收拾好，还是正聊得起劲。两人今天才认识，却颇为意气相投，十分谈得来。

至于房间的分配，最后决定乔先生和十郎先生共用一楼的厢房，我跟和美睡在二楼的六铺席房，隔壁的四铺席房给玛丽亚小姐。二楼这两个房间是双开间，中间只隔着一道隔扇。玛丽亚小姐笑着说："不管发生任何状况，都有我飞身救驾，放心吧！"

我伸手摸着挂在肩下的背袋。里面的木盒既小又薄，和日记本一般大小。

诸位人士齐聚一堂，只为了保护这个木盒与我。

这种感觉实在难以笔墨形容。长那么大，我终于体会到"命运难测"这句话是什么意思了。

嘎的一声，乔先生和玛丽亚小姐推开屋后的木门，走

第一章 〈On The Sunny Side Of The Street〉

了进来。早些时候,他们已经解开行囊、换了衣服,说要去买些东西,两人相偕出门了。

"你们回来了!"

"我们回来了。"

"小幸,我回来啰!"

乔先生已经脱去刚见面时的那套白西装,换穿有些旧的白色衬衫和土黄色长裤;玛丽亚小姐也换下了那件耀眼的连衣裙,改穿素净的浅绿色家居和服,连举止也似乎变得比较端庄文静了。单是换了衣裳,五官立体分明、像外国人一样的他们,立刻和这个家的氛围融为一体,真奇妙呀。两位俊男美女并肩而立,简直像从外国杂志的照片里走出来的模特儿似的。

"瞧,我们买到了好东西喔!"乔先生扬起手上那个看起来有点重的报纸包裹,得意地向我展示。不晓得是什么东西呢?

"这是上等的牛肉。今天晚上吃酱烧牛肉锅唷!"玛丽亚小姐笑盈盈地补充。她已将脸上的妆彩卸掉了,却丝毫不损其妩媚的美貌。

"嘿,要吃酱烧牛肉锅呀!"恰巧走出厢房的勘一哥十分开心。

乔先生咧嘴而笑,"这么多人欢聚一堂,算是提升士气喽。"

"好！我去拿小炭炉生火！"

乔先生他们到底是上哪买来牛肉的呢？瞧见我露出不解的眼神，勘一哥陡然挑起眉毛说道：

"不是告诉过你了吗？乔这家伙是个贸易商嘛。"

"是呀。"

"要真让这家伙动了念头，就算弄来一艘军舰也不成问题。"说着，勘一哥呵呵大笑。

我想，勘一哥应该是开玩笑的。总之，乔先生应该有不少门路，否则也没法帮政治家在暗中奔走张罗吧。

勘一哥找来十郎先生，一起从库房里拿出了两只小炭炉。刚回到家的阿爹和乔先生合力揭起了那张远从大正时代使用至今的原木桌面，将小炭炉摆到中央的凹槽处。阿娘和玛丽亚小姐正在厨房里洗洗切切的。我想过去帮忙，阿娘却笑着说："明天起再让你帮忙吧。"要我尽管休息，于是我又回到檐廊边，和娜拉及玉三郎坐在一起。

大家对我的温情，让我眼眶一阵热，几乎要掉下泪来，我赶紧忍住。因为，泪水不该出现在这个家里。

乔先生、十郎先生、玛丽亚小姐，对了，还有我。这是我们陆续来到"东京BANDWAGON"，大家在一起吃的第一餐晚膳。

阿爹端坐上位，勘一哥和父亲隔着饭桌相对而坐。坐

第一章 〈On The Sunny Side Of The Street〉

在靠近店铺那边的是阿娘、我和玛丽亚小姐,而乔先生、十郎先生跟和美则一同坐在对面的檐廊那侧。这么说只怕有些失礼,齐聚在眼前的这些成员让人感到十分奇妙。

这张桌子既大又长,足以摆下两只小炭炉。酱烧牛肉在锅里嗞嗞作响,令人垂涎的香气瀰漫在整个屋子里。

"话说回来啊……"勘一哥笑着说,边挥动着筷子。

乔先生见状斥责了他,"勘一,什么样子!真没规矩。"

"哼,轮不到你来说我。我说,咱们家怎么突然来了这么多奇奇怪怪的人啊。"

大伙闻言,纷纷左右张望,旋即一齐笑开了。

"可这样真好。吃饭时还是人多才开心嘛。"阿娘笑吟吟地说道。

阿爹随手在墙上写下的诸多家规当中,有一条是"早晚膳食需阖家欢乐用餐"。不过,不待搬出家规,现下的用餐气氛已经相当热闹,对照起以往在家总是安静用膳的气氛,着实令我有些不知所措。

勘一哥性格爽朗,阿娘也十分健谈,乔先生口若悬河、话题丰富,而十郎先生那独特的语调,简直像单口相声家似的,加上和美本就是非常活泼的小孩,眼下更是人来疯。

不过,最让整个家蓬荜生辉的,自然是玛丽亚小姐了。她那张宛如陶瓷娃娃的脸蛋,优雅又美丽,说起话来却有些粗气,这种反差形成了一种致命的魅力。

"我呀，好喜欢小幸唷！"

"什么？"

坐在身边的玛丽亚小姐，突然没来由地迸出这么一句，把我吓了一跳，正要送入口中的豆腐也应声掉了下去。

"人家从第一眼见到她，就一见钟情了呢，嘻嘻。"

说着，玛丽亚小姐朝我贴了过来，我顿时不知道该作何反应才好。

乔先生抿嘴一笑，"喂，玛丽亚！人家幸嫂子可是千金大小姐，你客气一点。"

"反正我们都是女生，有什么关系嘛。而且往后要一直一直在一起嘛，对不对？"玛丽亚小姐说着，给了我一个灿烂的微笑。

尽管两人都是女生，此刻的我却是心头小鹿乱撞。从乔先生和玛丽亚小姐交谈的口吻，可以看出两人似乎是旧识。

"啊，对了对了，我说，小幸呀……"

"请说。"

"我想了想，关于你那只背袋……"玛丽亚小姐看向我挂在肩下的背袋，"我们来做背心吧！"

"背心？"

"是呀，同样款式，每人一件。我想想，深绿色的漂亮！"玛丽亚小姐笑嘻嘻地朝大家看了一圈。

第一章　〈On The Sunny Side Of The Street〉

我不懂，背袋和背心有什么关系呢？

"为啥要做背心哩？"勘一哥问道。

"真讨厌，所以说男人就是脑筋不灵光嘛。和美应该知道为什么吧？"

"我？"嘴里的肉片把和美的脸颊塞得鼓鼓的。她歪着小脑袋瓜思索。

"对！我们都是女生，你一定懂嘛。为了小幸，所以要做背心制服。"

是为了我而缝制的？我不明所以地倾着脖子。这时，和我同样歪着头思索的和美突然大叫一声：

"啊！我知道了！"

"你知道了？"

"就是那只背袋呀！"

"对极了！"玛丽亚小姐拍手赞许，"和美，真机灵！你以后一定是个万人迷！"

"我也明白喽。大家穿上成套的制服才好隐藏，是吧？"阿娘也兴奋地双掌一拍。

阿爹、勘一哥和乔先生都还满头雾水地锁眉深思，只有十郎先生欢声赞道：

"这个主意好！这么多人在这里进进出出的，实在让人起疑；若是穿上同样的店服，这样轮流看店时，就不会引人侧目了。"

"啊!"

听到这里,我总算明白了。我无时无刻都背着这只袋子,连看店时依然袋不离身,未免太不自然了。

"这样也方便在背心里缝个口袋,把木盒摆进去吧?"

"对对对!"玛丽亚小姐连声附和。

"原来如此。"阿爹点着头,"虽然弯腰时可能有些不方便,总之大家一起动动脑筋,出出主意。"

"玛丽亚小姐。"

"嗯?"

"您擅长洋裁吗?"

我到现在还不晓得玛丽亚小姐的背景。不过,在这样的时势,依她美艳的姿容,从事的应该不会是平常的行业。

玛丽亚小姐嫣然一笑,"假如有必要的话。"

"有必要?"

"登台用的服装,全都是我自己做的。"

乔先生嘴里嚼着葱段,"幸嫂子,说起咱们这位玛丽亚呀……"

"是。"

"……可是一位 singer 喔!"

"Singer?"

原来她是歌星呀。

"而且呢,她还是个货真价实的爵士歌手,甚至曾经登

第一章 〈On The Sunny Side Of The Street〉

上美国百老汇的舞台喔。"

"哇!"

没想到她的资历如此傲人哪!

"哎,那都是些老掉牙的事喽……"玛丽亚小姐从锅里夹起一块牛肉,脸上流露着一抹淡淡的哀伤,"后来把嗓子给唱坏了。"

"您的嗓子……"

"已经很久没法好好唱歌了。"

她说,除了战争打响的那会儿以外,她一直在俱乐部和酒吧工作,偶尔展露一下歌喉。再加上她迷人的美貌,在这一带的音乐爱好者之间可说是无人不知晓的美女歌星。话说回来,为何身为歌星的玛丽亚小姐,也要特地赶来保护我呢?

"哦,你问这个呀?我们俩是一块长大的。"乔先生帮忙回答,"这家伙同样受到冷狐的照顾。若说我是一军的话,这家伙就是二军喽。"

"还真是赫赫有名的二军呐——!"十郎先生将煮得相当入味的洋葱搁到米饭上,笑着帮腔,"在咱们的圈子里,谁没听过鼎鼎大名的'驯兽师玛丽亚'呢——!"

"驯兽师?"

原来,玛丽亚小姐拥有驯兽师这样令人闻之丧胆的称号呀。玛丽亚小姐耸耸肩,无奈地笑了。一旁的阿爹微笑着点点头。

"阿幸。"

"是。"

"如你所见,玛丽亚小姐长得那么漂亮,拜倒在她石榴裙下的男人好比天上的繁星呢。"

我想,阿爹所言不假。毕竟连同为女子的我,也不由得心荡神驰呢。

"只要是为了她,甘愿赴汤蹈火的勇士们根本数不胜数呀。"

我深有同感。的确,要是这位玛丽亚小姐开口央托,但凡是个男人,大抵二话不说,满口答应吧。

原本满脸笑容,吃得十分香甜的和美,这时忽然搁下筷子,叹了气。大家还以为她吃得太撑了,没想到不是那么回事。

"和美,怎么了吗?"

"啊,没、没什么。"

"已经吃饱了吗?可以尽管添饭喔?"连阿娘也关心问道。

和美有些难为情地笑了,"嗯,只是在想……"

"在想什么?"

"我在想,上一次吃酱烧牛肉锅是什么时候的事了,然后忽然觉得……"说到这里,和美掩饰似的嘿嘿干笑两声。

第一章 〈On The Sunny Side Of The Street〉

我尚未听闻和美来到堀田家的始末。和美今年九岁,还是喜欢向父母撒娇的年纪,却已经在战火中成了孤儿。勘一哥伸手朝和美的脑门轻轻敲了一记。

"和美,干啥?又变成胆小鬼了喔?"

"勘一,我没事啦——!"

"那就好!"勘一哥欣慰地笑着。

紧接着,和美忽然略微提高了嗓门,"能够像这样有饭吃已经很幸运了!"

"嘿!"

"能够睡在有屋顶的房子里已经很幸运了!"

"没错!"

"要是不努力活下去,可就对不起那些没法吃饱穿暖的人了!"

"对极啦!你讲得一点不错!我平常就是这么告诉你的!"

"嗯!"

和美再次拿起筷子。大伙都带着温柔的微笑,看着和美。

尽管谁也没有明讲,但人人都心知肚明。街上到处是衣着破烂、无家可归、连当天的食物都没有着落的孩童们。大人也没好到哪里去。就在此时此刻,外头还有一个个生死难辨的人,就这么躺在路边或瓦砾堆里。

相较之下，我们却能围坐在充满温馨的餐桌旁。

"老是为此抱不平，可是会裹足不前的喔。"阿爹带着微笑，缓缓地说道，"我们该做的是，感谢自己的幸运，并且思考能够为其他不幸的人做些什么。即便没法帮上他们，也该想想自己往后该秉持什么样的态度活下去。"

十郎先生大大地点了头，"草平先生，您真的一点都没有改变。您以前也说过同样的话呢——"

"是吗？"阿爹依然带着笑容回应。

"幸夫人、勘一君，"十郎先生说道，"草平先生已过世的令尊达吉先生，可是我的救命恩人呐——"

勘一哥、乔先生和玛丽亚小姐都露出了意外的神情。看来没人知道这件事。

"细节呢——，不好现在讲出来，留待以后再详述吧——。总之，我是个活着丢人现眼的家伙呀——"

"是哦？"乔先生兀自点头，从锅里捞出一块肉来。

"当时呢——，草平先生也像今天这样，恳切地对我开导了一番。他说一个人的价值，端视他如何善加运用自己蒙受的好处哦——"十郎先生有些难为情地笑了，往嘴里扒了一口饭。

每一个人活着的每一天，想必都像这样，各自怀有苦恼。不论是乔先生也好，玛丽亚小姐也好，一定都是这样的。想到自己在丰衣足食的环境下长大，不由得深切反省。

第一章　〈On The Sunny Side Of The Street〉

一阵哽咽，令我险些停下了筷子，我强抑着澎湃的心潮，将美味的饭菜咽了下去。

我没有资格为此感到烦恼和悲伤。

因为大家都是为了我而聚在这里的，他们的隆情美意，实在无以为报。至少，我得露出开朗的笑容，否则真该遭天打雷劈了。

七

"昨天晚上呀,我去了东宝剧场。结果呢,有个不知名的女人唱了《Stardust》*,但发音不准,伴奏又差劲,整首歌荒腔走板,简直折磨我的耳朵嘛。"

"哦,是喔?"勘一哥说道。

"去听歌的都是哪些人?"阿爹也跟着兴味浓厚地问了玛丽亚小姐。

"包厢里的全是美国大兵。其他还有好多人。人们大概是很久没听歌消遣了,门口挤得水泄不通,简直像办庙会似的。"

和美睡下以后,阿爹、勘一哥、十郎先生、乔先生和玛丽亚小姐围坐在桌旁聊谈,品饮着同样是由乔先生张罗

---

* 流行歌曲《Stardust》1927 年由霍奇·卡迈克尔(Hoagy Carmichael,1899-1981)作曲,1929 年由米切尔·帕里什(Mitchell Parish,1900-1993)作词,中译名《星尘》。

第一章 〈On The Sunny Side Of The Street〉

来的威士忌。我在厨房里帮忙阿娘收拾碗筷，听到阿爹唤我过去一下，于是端出一些酱菜当作下酒菜，就这么在矮桌前坐了下来。

"阿幸能喝酒吗？"阿爹问道。

我连忙摇着手恳辞，"不成，只怕不胜酒力。"

阿娘这时递一杯茶给我，我不敢当地连忙称谢，阿娘略带戏谑地笑着说了一句："只到今天喽。"

"好了，"阿爹对着我说，"趁现在大家都在，来交换情报吧？"

"交换情报？"

"我猜，乔和十郎应该已经掌握一些情报了，我也到外头兜转了一圈，打听到一些消息。"

乔先生、十郎先生和玛丽亚小姐纷纷点头。

"我先说最坏的状况。"

"阿爹请说。"

阿爹的表情果真变得相当凝重，"你最好当自己这辈子再也回不去五条辻家了。我希望你能抱定这番觉悟。"

闻言，我陡然打直了背脊。在场的人脸上似乎无不掠过了一抹紧张的神色。

"阿爹，您这话是——？"

阿爹扬起右手，拦住了勘一哥的问话，"勘一，这已经是铁一般的事实了。既然成了战败国,财阀的解体和特权阶级的废止是天经地义的道理,纵使是五条辻家也无法例外。况且五条辻家还与军方和皇室关系密切,自然会得出这样的结论。事实上……"阿爹注视我的脸,"子爵宅邸已经被GHQ征收了。没有得到允许,任何人都不准擅入。"

昨日白天看到搜索过后的家时,我心里已经有个底了,但是听到阿爹语气坚定要我死了心,还是忍不住胸口一窒。玛丽亚小姐迅然挪到了我的身边。

"小幸,还好吗?"

我点了头,"我没事。"

阿爹继续往下说道:"依我探听来的消息,现在有四路人马觊觎阿幸的那只木盒。"

"四路人马?"

"首先是在面临国家战败遭到占领的情况下,依然有许多家伙具有极度危险的思想。这些是与军方相关、但和十郎不同路线的人员。"

"唉——"十郎先生无奈地垂下头来。

"接着是活跃于幕后的政界人士。这些人的动静,可以由乔和我掌握。"

乔先生点了点头。

"再来是在经济界暗中活动的家伙。那些企图扩张势力的黑道分子,也算在这个族群里。这方面的消息同样可以

第一章 〈On The Sunny Side Of The Street〉

由乔和玛丽亚探知。"

玛丽亚露出灿烂的笑容。

"所幸目前在场的人,都能够依照这三组人马的动静,护住阿幸和那只木盒。唯一让人摸不透的是占领军。"

"GHQ。"

"对!"乔先生接口说道,"他们不全是怀有敌意的人,反而有不少对日本相当友善,问题是他们的组织过于庞大,连冷狐都没办法全盘掌握。"

"尤其是那些隶属于情报部的人呐——"十郎先生把手揣在怀里说道。

阿爹担忧地点着头,"依照今天得到的消息,很遗憾地,尽管真相尚未明朗,但阿幸的父母恐怕正是被那群我们无法掌握动向的占领军所软禁。已经有些证据足以佐证我的这番推测了。"

我紧紧咬住下唇。我非常明白,这一切早就摊在眼前了,眼下绝不能哭。我点了头,同意阿爹的推论。

"因此,乔、十郎、玛丽亚。"

"请说。"

"有件事想拜托你们。"

三人互看了一眼,由十郎先生发问:"什么事呢——?"

"大家基于各自的立场,来到这里保护这只木盒,然而,我可以请你们一起帮忙寻找阿幸父母的下落吗?"

勘一哥听完，抬眼看了三位一圈。乔先生、十郎先生和玛丽亚小姐的神情都相当严峻。

"我也一起拜托你们！"

勘一哥说着，倏然移膝退后，双手伏趴在榻榻米上央求。乔先生顿时吓了一大跳。

"阿幸根本什么错也没犯，却落得孤伶伶的一个。还好在缘分的牵引下，来到了咱们家。"

"勘一哥！"

勘一哥咧嘴一笑，"这教人怎能不帮她一把哩？可是啊，我能做的顶多是待在阿幸的身旁，把摸过来的坏家伙摔出去罢了。这是我唯一能干的活儿。寻找阿幸爹娘这种细活儿我根本干不来啊，只能求求你们了！万事拜托了！"

说完，勘一哥再度跪伏恳求。我惊愕之余，三步并作两步赶到了勘一哥的身边。

"勘一哥！不是的！该向大家央求的是我呀！"

我跪在勘一哥的身旁，向大家伏身跪求。

"我才是什么都不会的人。纵使多么想知道家父母的行踪、多么想救出他们，却什么也办不到。但是……"说到这里，我已经语不成声了，唯有再三拜托大家鼎力相助。"……求求你们了！"

我向大家磕头哀求。这时，阿娘来到了我的身边。

"好了好了，行了，快把头抬起来。喏，勘一也是。"

第一章 〈On The Sunny Side Of The Street〉

"勘一!"开口的人是乔先生。我抬起头来,只见乔先生颇有深意地笑着。"这样就够啦!"

"啥?"

"只要有你陪在幸嫂子的身边,把那些摸过来的坏家伙们一个个摔出去,这样就够啦!知道有你会保护幸嫂子,咱们才能放心出门调查嘛。您说是不是?十郎兄?"

"对极喽——!"十郎先生端起威士忌,将杯中酒液一饮而尽,欢畅地笑道,"我们各有各的职责呀——。即便是经过军队锻炼的我,要论拳头工夫,根本不是勘一君的对手呢——"

玛丽亚小姐也浅浅笑着,点了一支烟,"草平老爷,我呀,早就决定喽。"

"决定什么?"

"为了要看到小幸露出最灿烂的笑容,我要努力工作!"

"玛丽亚小姐!"

为何大家都对刚认识的我,付出这么多体贴和关怀呢?不行了。强抑多时的泪水,再也不听使唤地夺眶而出。阿娘温柔地抚着我的背安慰。

"阿幸,你不必觉得亏欠大家恩情。"阿爹说道,"喏,咱们家的家规不是写着吗?"

"家规?"

"'举凡与文化、文明相关的诸般问题,皆可圆满解答'。咱们家的人，就有这种多管闲事的遗传呀。"

勘一哥和阿娘闻言，都笑了起来。

"幸嫂子，而且呀……"乔先生接口道，"但凡和堀田家沾上边的人，好像都会染上这种多事的毛病呢。"说着，他笑得十分得意。

我能做的唯有频频点头，心里十二万分感激。

"不过，草平先生，光是找到人，还不够吧——?"十郎先生说道。

乔先生也点头，"一点不错！不单要找到人，还得把人救出来，否则有什么用呢?"

"听着就教人想活动活动筋骨呢。"玛丽亚小姐附和。

"你们说得没错。"阿爹同意乔先生和玛丽亚小姐的说法，"不过，毕竟这问题相当敏感，切忌打草惊蛇，更不可以引蛇出洞。总之，一切都得谨慎行事，小心再小心。"

大伙听了阿爹的提醒，个个面色严肃地点了头允诺。

"话说回来哩……"勘一哥开了口。这时的他已经改为盘坐，在桌前吸着烟。"既然如此，从明天起，咱们每个人该做的工作可以说都分配好了，不过在这之前哩……"

有什么事得先处理的吗？众人不解其意，纷纷歪着头。

"勘一，干嘛啊，少在那儿吊胃口啦!"乔先生不满地抗议。

勘一哥望向阿爹，"阿爹。"

第一章 〈On The Sunny Side Of The Street〉

"怎么？"

"虽说阿幸家的房子已经被 GHQ 征收了，他们可曾派了宪兵站岗？"

阿爹想了想，"应该没有吧。"

勘一哥先喝了口酒，再往下解释，"GHQ 总不敢堂而皇之来抢这只木盒吧？倘若他们真敢这么蛮干，冷狐一定会事先掌握到他们的行动。根据木盒里文书的性质来判断，可以肯定这只是少部分人采取的秘密行动。"

"否则，他们应该会派出大批人马，大张旗鼓去抄家吧？"乔先生和玛丽亚小姐也点头同意。

听勘一哥这么一说，倒是很有道理。

"所谓征收宅邸，充其量是以废止特权阶级的表面理由采取的行动。所以，应该不至于派了人在正门站岗。"勘一哥的嘴边漾起了一抹坏笑，"顶多是派人定期巡视罢了。"

"是啊。"

勘一哥仰头望着天花板，若有所思地摇头晃脑，"家，很重要吧。"

大家都愣住了。

"阿幸她，以后再也没法回去自己家了哩。"

听到这里，我倏然明白过来，不由得啊的轻呼出声，赶忙伸手捂住嘴巴。勘一哥莫非打算……

"她慌慌张张、匆匆忙忙逃出来，结果家就被征收了，再也没办法回去了。这事教人听着怪难过的,真想让她至少回去一趟,好好向自己的家做个最后的道别啊。"

乔先生深有同感地点头如捣蒜。玛丽亚小姐则笑着朝勘一哥的肩头拍了一记。

"的确,要回去也不能在大白天里。"

"要去的话,就得趁着大半夜的。所幸……"十郎先生望向檐廊外,"今晚的月色真美呀——,这样的夜晚,用来倾诉别离之情,真是再适合不过喽——"

"昨天才逃出来,与其隔些日子,不如选在今天就回去,这样才叫出奇制胜。"阿爹说道。

乔先生一个拍掌,"干脆溜进家里,让幸嫂子收拾些细软带过来,不是顶好?"

"这样未免……"我不禁开口拦阻。大家的这番心意,我当然无比欣喜。自从呱呱坠地,就一直在那个家里长大,自然很想向那个家做个告别。可是,万一遇上了前来巡视的宪兵,该怎么办呢?说不定会遭到枪击哪。"这么危险的事,我万万不能劳烦大家!"

"哎,"玛丽亚小姐拍着我的肩安抚,"放心放心。"她嘴角上扬,露出一抹恶作剧的微笑,"没瞧见这个坚强的阵容吗?小幸尽管放一百二十个心吧。"

"可是,各位今晚已喝了酒……"

原以为大家已有醉意,没想到我错了。只见十郎先生

第一章 〈On The Sunny Side Of The Street〉

说了句"容我们告退——",玛丽亚小姐及乔先生亦随后站起身来。他们两人身材高挑,一起身,客厅顿时变得十分逼仄。

十郎先生、玛丽亚小姐和乔先生同时敛去了欢乐的笑容,换上了严肃的神色,目光炯锐。三人说了句"我们回去准备",便一齐进房去了。

"不必担心。他们三人历经过的残酷战斗,远远超乎我们的想像。几杯小酒,恰巧当作是暖身用的润滑油吧。"阿爹说道。

真是如此吗?只见一旁的勘一哥也点着头。我只听过喝酒可以促进血液循环,就这个意义来说,或许能够提高斗志吧。

"况且,"阿爹啜饮一口后说道,"并不是现在立刻出发喔。先做些准备,睡一觉,趁着天还没亮之前出发正好。"

"真的吗?"

"夜深人静时,稍有动静,立刻听得清清楚楚。天亮前,不但路上人烟稀少,就算发出一些声音,人家也只会当成是早起的鸟儿闹出的声响罢了。"

阿爹自然不会是那方面的专家,大抵是从书中习来的知识。所谓书中自有森罗万象,便是这层道理吧。

"我虽然也很想去,只怕绊手碍脚,反而添乱吧。"

勘一哥才说完,恰巧回到客厅的乔先生接口道:"勘一，那倒不见得喔。"

"当真？"勘一哥开心笑着看向乔先生，"能帮上啥忙？"

"卡车。"

"卡车？"

乔先生歪着脑袋，浮现一抹坏笑，仿佛在反问勘一哥：怎么，还不懂？

"要搬东西总得用上卡车啊。咱们也正好顺便搭车往返嘛。"

第一章　〈On The Sunny Side Of The Street〉

八

下弦月的身影，仿佛就要融化在晨曦的微光里。

大清早，拂面轻风带有一丝暖意，我却打了个颤。其实一点也不冷。这想必是人家说的，出征前奋昂的颤抖吧。可我又没要上战场，这个讲法也说不通。

时刻是清晨五时许。稍早前，乔先生和勘一哥两人趁着夜色摸黑出门，约摸不到十五分钟，便开了一辆卡车停到附近的大马路边。我不知道他们究竟是上哪找来的，可现在已逐渐明白这类事情无须我多操心。大抵没有东西是乔先生无法弄到手的。

卡车由勘一哥驾驶，我和玛丽亚小姐一起挤在略显拥挤的副驾驶座里。乔先生和十郎先生坐在后方的载货台上。这是我第一次搭乘这样的车子，座位的视线比一般车辆来得高，看出去的景色好像也变得不大一样，感觉很是新鲜。

远方的群山轮廓，似乎开始隐隐发亮了。我已经好久没这么早起了。

"小幸。"玛丽亚小姐唤了我,"假如我们成功潜入,有没有哪些东西想带走的?要什么都尽管说,不必顾忌。"

"我想想……"

我该带走哪些东西呢?虽然想拿相本之类能够睹物思亲的物件,只怕已被搜刮一空了。

"或许没什么需要拿的。"

玛丽亚小姐温柔地笑着,将手轻轻搁在我的肩上,"若说要搬走整张床,大概有些困难,总有些用惯的枕头或珍惜的衣裳吧?把那些东西都带走吧。"

玛丽亚小姐喜滋滋地对我说道,宛如这事和她切身相关似的。我点头表示明白了,旋即有个疑问浮现在脑海里:我们才认识不到一天,为什么玛丽亚小姐会对我这么好呢?她仿佛当我是多年的姊妹淘,总是投来温柔的目光。而且不单是她,乔先生和十郎先生也是一样。

"请问……"

"怎么了?"

我不晓得该怎么问才好。阿爹告诉过我,大家的美意尽管接受就是。

"请问玛丽亚小姐府上……"

这句话才脱口而出,我立即发现自己失言了。乔先生和玛丽亚小姐的人生似乎有些坎坷,真不该问这个的。但是,玛丽亚小姐嫣然微笑,回答:

第一章 〈On The Sunny Side Of The Street〉

"咱们这种市井小民,府上两个字哪里承担得起呢。有是有啦,托你的福。"

勘一哥暗暗朝我们这边投来一瞥。脸上写着这是他头一遭听到这件事的表情。

"就像那句'身在远方思念你'吧。"

"嗯?"

玛丽亚小姐倩然一笑,笑中带有一丝孤寂。

"不管是故乡还是家人,对我来说,只有在分隔两地的时候,才会想起他们吧。别在意,我没事。"说着,她轻抚了我的手背,"我有个妹妹,恰好和小幸差不多大。"

"这样呀?"

"我没法陪在妹妹身边疼她,以后就把小幸当自家的妹妹,好好疼爱。嘻嘻嘻!"玛丽亚小姐俏皮地笑了。

虽不知道玛丽亚小姐有何苦衷,但我也笑着请她多加照顾。

"是室生犀星大师吧。"勘一哥看着前方说道。

我也晓得方才那句话的出处。那是一位名叫室生犀星[*]的作家所写的诗句:

---

[*] 室生犀星(1889-1962年):日本诗人、小说家,所写诗句出自诗作"小景异情"(第二部分,共十行),1910年刊登在北原白秋(1885-1942年)主持的文艺志《朱栾》五月号上。

　　　　故乡啊，
　　　　身在远方思念你，
　　　　悲歌低吟怀念你。

　　　　纵然是，
　　　　异地落魄去行乞，
　　　　故乡有路也不归。
　　　　只身一人京城夜，
　　　　怀念故乡热泪盈。

　　　　还是啊，
　　　　回到远方京城吧，
　　　　回到远方京城吧。*

　　我真不该问玛丽亚小姐这个问题的，现下只能在心里默默道歉。不同于身为华族女儿的我过着无忧无虑的生活，玛丽亚小姐、乔先生和十郎先生，想必心里都各有各的悲苦，无从诉说。

　　"好了，快到了。"

　　待我回神过来，已经快到我家了。后方传来拍打车体的声音，勘一哥把车子停了下来。乔先生从载货台往驾驶座探身过来，说道：

---

*《故乡》，林范译，一九一三年。原诗于一九五一年由作曲家矶部俶（1917-1998年）谱成合唱曲。

第一章 〈On The Sunny Side Of The Street〉

"停在能够看到房屋全貌、又有一段距离的地方吧。"

"知道了。"

勘一哥依照乔先生的指示,让车子再往前滑行一小段,停在能够看到整座宅邸的地方。对我而言,眼前正是再熟悉不过的景象了。

下一瞬,我觉得大门边似乎有人影晃动。

"勘一哥!"

"好,我知道。"

勘一哥缓缓打开车门,乔先生又探头进来说道:

"不必担心,是耗子。"

"怎么,原来是他啊。"

"耗子?"

"是啊。"勘一哥露出微笑,"是乔的伙伴,不必担心啦。"

"伙伴?"

"像个小地痞的家伙。开锁的功夫倒是一流!"

原来是找他来开锁的。只见那条人影一闪,朝这里跑了过来,动作如行云流水,敏捷极了。勘一哥唤他耗子,果真人如其名,身材矮小,还穿了一身灰色的三件式西装。

"行吗?"乔先生从载货台上问道。

那位叫作耗子的男人抿嘴一笑,"没问题啊。天亮前不会有人来的。"

"OK！"

"既然如此，我们就不客气喽——"说着，十郎先生和乔先生一齐跳下载货台。

"走喽！"玛丽亚小姐也打开了车门。

"甭客气，有东西想带走尽管说就是。"勘一哥轻拍着我的肩说道。

❖ ❖ ❖

待我们把东西全装上卡车的载货台时，天空已经大亮，院子的树梢上尽是麻雀们的叽叽喳喳。我站在玄关前，抬头仰望那株胡桃树，心里想着再也没法回到这地方了。忽然有人拍了我的肩膀，回头一看，那位耗子先生朝我露齿而笑。

"抱歉，现在才向您问好，以后还有机会见面就是。叫我耗子吧。"说着，他揭起了那顶单凹绅士帽致意。

"这回承蒙您的大力鼎助，万分感谢！"

耗子先生的手上功夫果真不含糊，举凡上锁的每一道门，在他全不成问题，轻轻松松如入无人之境。亲眼目睹自家上了锁的房门不费功夫就被打开了，那感觉十分奇妙。

"喂，耗子！"勘一哥唤了他，"虽说见过面了，万一以后在路上碰到了，可不准你摆出一副熟人样！"

第一章 〈On The Sunny Side Of The Street〉

耗子先生耸耸肩，"哇，真吓人！那么，告辞啦！"

耗子先生说完，便踏着轻巧的脚步，消失在清晨冷冽的空气中了。他走路的敏捷模样真像只老鼠，我忍不住露出微笑。

"好有趣的人呀。"

话音方落，玛丽亚小姐随即板起脸来训了我：

"小幸，听好了。"

"是。"

"往后和那种家伙打交道的机会，说不定会愈来愈多，比方我和乔的同志，或是十郎老爷的同志。"

"是。"

"听好了，虽说那些人是我们的同志，除非是我们三个向你保证绝对没问题的人以外，你可千万不能掉以轻心！"玛丽亚小姐接着说，"好家伙确实不少，毕竟净是些和你活在不同世界的人，很多事不是你能轻易判断好坏的。"

面对神情严肃的玛丽亚小姐，我只能点头答应。再怎么说，我终归是个不知人间险恶的千金小姐。

一回到"东京 BANDWAGON"，和美大喊"你们回来啦——！"满脸笑容地迎接我们的归来。阿娘也笑着慰劳我们辛苦了。

"搬行李的粗活交给男人家，我们来准备早膳吧。"

"好!"

堀田家的厨房比起其他房间显然大得多。摆放在餐具柜里的器皿多得惊人,远远超乎一个家庭使用的数量。我问了以后才知道,原来达吉祖父在世时家里总是宾客盈门,络绎不绝。

"每天都有好多贵客来来去去的呢。"阿娘笑着说道,"所以呢,咱们一家大小都喜欢热闹。托了阿幸的福,多了好几个家人,最高兴的就属草平哥喽。"

"真的吗?"

"咦,老板娘,这是什么呀?"

换好衣服过来帮忙的玛丽亚小姐讶异问道。我也没看过这种厨具。看起来像小炭炉,但体积大多了,旁边还连着煤气开关,应该是煤气炉之类的东西吧。

"喔,这是英国制的,很少见吧?"

由于阿爹和祖父都在英国住过很长的时间,因此堀田家有好多东西都是英国制造的。东京有许多基础建设都遭到空袭的重创,直到最近才开始了煤气的分时供应,再过不久,应该能够恢复全面供应了。堀田家的米饭便是用好大的煤气灶煮的,而且还同时用上了两口灶。再怎么说,这样的饭量未免太多了。

"待会儿要用来捏成饭团喔。"

"要做成饭团吗?"

第一章 〈On The Sunny Side Of The Street〉

"等一下就知道了。"阿娘笑着回答。

和美把碗盘端上客厅的矮桌,勘一哥和十郎先生坐在桌边谈话。这时,玄关大门被喀啦啦地推开,紧接着传来男子道早的声音。一大早就有客人上门了吗?

"喔,不必费心招呼,他自个儿会进来。"

"这是哪一位呢?"

"早啊!"问候声再度从客厅传来。

"嘿,堀田家来了这么多人啊?"

听声音,是个年轻男子,和勘一哥约摸一般大吧。他穿着裤裙,真像神社的主祭。

"他真是神社的主祭嘛。"

"真的呀?"

"我们来吓他一吓吧!"阿娘笑得促狭,牵着我来到了客厅。

"祐圆。"

"老板娘,早安。"

"早。这姑娘叫阿幸,是勘一的媳妇儿。"

这位祐圆兄当场吓得往后跳,两只眼睛瞪得既圆又大。我只得依言跪坐,向他自我介绍。

"我叫阿幸,往后请多多关照。"

"啊……这……呃……我叫……"祐圆兄慌张地坐回原处,瞧瞧勘一哥又看看我。勘一哥满脸无措,只管一个劲儿直抓头。"……我叫祐圆,呃,和勘一是一块长大的。……喂,勘一!"

"干嘛啦?"

"还敢问我干嘛?不是说好结婚时一定要到我家神社办婚事吗?啊,不对不对,我是要问你怎么闷声不吭的,就突然娶媳妇儿了啊?"

"哎,少啰唆!"勘一哥不耐烦地挥开了祐圆兄搁在他肩上的手。一旁的乔先生他们则抿嘴而笑,好整以暇地观看这出好戏。

"婚事还没办啦!"

"祐圆君。"

听到阿爹的叫唤,祐圆兄连忙正襟危坐,应了一声。

"这事来得突然,想必让你很吃惊。有些细节不方便说,总之,就是这么回事了。等到可以正式举行婚仪的时候,再麻烦你了。"

"啊,呃,这是大喜之事,可到底是什么时候……"祐圆兄兀自嘀咕个不休。

"阿幸她呀,"阿娘端来味噌汤,顺口说道,"是我娘家熟人的姑娘。可以说是缘分天注定吧。"

正当祐圆兄对阿娘的解释连连点头之时,勘一哥起身走向厨房,还招手要我随他过去。

"什么事呢?"

第一章　〈On The Sunny Side Of The Street〉

"那家伙啊……"勘一哥朝祐圆兄的方向扬了扬下巴，压低了嗓门说话，"如同方才说了，是和我从小一起长大的。他家是附近的神社，以后会由他来继承。这家伙人挺好，就是那张嘴不牢靠，说什么也不能让他知道实情。你多担待些。"勘一哥笑得很是无奈。接着，他望向偌大的煤气灶，说道，"他每天早上都会来拿这个。"

"这个？"

这时，阿娘也回到厨房，点着头接口道："祐圆家的神社也住着好多屋子被烧掉的可怜人和孩子们。"

原来如此，所以堀田家才会做很多饭团送过去。

"已经这样供应很久了吗？"

勘一哥和阿娘都点了头，"很幸运地，咱们家不但躲过了战火，而且不愁吃穿，这点小事算不上什么。"

"不过，"勘一哥接口说道，"这一切得归功于乔暗中筹措米粮。咱们能帮的也只有早饭，实在没法子连午饭和晚饭都揽起来包办。毕竟目前仍在实施配给制度，也还有其他人帮忙烧饭赈济灾民。"

原来是这么回事呀。

"话说回来，就算不必来拿饭团，那家伙从以前就常来家里吃早饭哩！"

勘一哥告诉我，祐圆兄还小的时候，母亲就过世了，因此常来好友勘一哥的家里。

"来，大家来用早膳吧！"

今天的早膳有米饭、味噌汤、住在屋后的豆腐店刚做好的凉拌豆腐和豆腐渣、煎蛋，还有烤竹荚鱼，菜色简朴却十分温馨。现下的时节，能有一顿这样的热饭菜，足以让人倍感幸福。

"开动了！"

听着和美朝气勃勃的声音，祐圆兄满面笑容。

"有没有用功读书？"

"有！"

"乖！"祐圆兄笑着称赞。

听着大家的交谈，我才知道，祐圆兄和乔先生是熟识，当然也认识玛丽亚小姐，和十郎先生虽是初次见面，但他对于这三位暂时要住在堀田家，没有感到丝毫的怀疑。

"这里从以前就常是高朋满座。"祐圆兄解释，来客多数是文人雅客，回想起来，也有不少政界财界的大人物经常上门。"不过，我和勘一那时还小，就跟和美现在一般大，所以也不觉得那些大人物有什么稀罕的。"

"这样呀。"

"这么一来，幸嫂，往后得请你多多照顾和美了。你已经听过她的事了吧？"祐圆兄说道。

我暂且回答大致知道了。其实我只晓得她在战争中失去了双亲，其他的事都还没听闻。我和勘一哥对看一眼，

第一章 〈On The Sunny Side Of The Street〉

勘一哥应声点头,帮忙解围:

"你穷操心个什么劲儿啊!咱们一定会栽培她上大学、当医生的!"

一旁的和美也跟着露齿一笑。

让和美当医生?我真想问问到底是怎么回事,眼下却只能忍住,跟着点头允诺。

阿娘很高兴有这么多人手帮忙捏饭团。除了我、玛丽亚小姐,还加上精擅厨艺、说捏饭团是小事一桩的十郎先生,大家一起做好饭团后,又顺道送去祐圆兄的神社。

家里离神社还不到三分钟脚程。这一带的寺院神社真不少,其中一座不大显眼、悄然而立的小神社,便是我们的目的地了。神社院内有许多用木板和白铁皮凑合着搭起的小屋子,虽然尚堪挡风避雨,眼看着时序即将入冬,直教人为他们感到心慌。

尽管如此,处处依然洋溢着生活的气息和强韧的生命力。有间小屋挂着一块"蓝天理发店"的手写招牌,旁边还摆了一张气派的理容椅,应该是在战火中拼命抢救出来的吧。

"我也是在这里剃的头!"勘一哥搓抚着平头笑道。原来他是在这里理发的呀。

眼前有只大锅子,锅里煮的应该是味噌汤。旁边有好多孩童,约摸有十五、六人吧。一见到我们送来饭团,大家都笑着迎上前来。

"咱们顺道去向祐圆的阿爹请个安吧!"

于是我随着勘一哥一起走向位于神社后方的住家拜访。

"勘一哥,我想……"

"啥事?"

"去祐圆兄的家之前,我想问问和美的事。方才说要让她当上医生,究竟是怎么回事?而且我也还不知道为什么堀田家会受托照顾和美。"

"哦,对喔,还没告诉你,不好意思哩!"勘一哥点着头,"那么,先到那边说说吧。"他带着我往里走到神社院地的深处。四下无人,只剩我们两个而已。

"和美她父亲呀,是这附近小有名气的医生。"

"她是医生的女儿?"

"是啊。"勘一哥有些难过地点了头,"真是个好人哩。在世时,正是所谓仁心仁术的医生呢。"

在世时?这么说……

"那么,他是在……"

"在一场空袭中走的。而且当时他正在治疗伤患,就这么死了。"

"原来是这样的。"

祐圆兄的父亲名为显圆,听说与和美的父亲交情匪浅,

第一章 〈On The Sunny Side Of The Street〉

从和美一出生就看着她长大的。

"这孩子真伶俐，时常当父亲和母亲的小帮手。每当医生在医治伤患时，她总是用那小小的身躯和小小的手拼命帮忙，这事情附近没人不知道，大家都认为，这孩子以后一定会变成一个了不起的女医生。"

"所以，才会说要栽培她成为医生呀。"

勘一哥说，和美的父母过世以后，由阿爹出面接下监护人的重任。当然，显圆伯父也很乐意收留和美，但是考虑到她的前途，还是托付给阿爹了。

"喏，阿爹的人面广，认识不少大学的相关人士，加上我好歹也算个医学系的学生，所以就决定让她来咱们家喽。"

虽然不知道和美以后是否真能当上医生，但大家决定要尽力帮她完成志愿。单是要抚养和美一个已非常不容易，令人敬佩了，现下又多了我的事操烦……

我把心里的担忧说给勘一哥听，只见他哈哈大笑：

"跟你说过很多次了，真的不必担心啦！咱们家的传统就是爱管闲事，还做得挺起劲的哩！"

祐圆兄的父亲显圆伯父有张慈眉善目的圆脸，与其说是主祭，我倒觉得他更像个和尚。

"喔，你们来啦！"

显圆伯父似乎已经从阿爹那里听说这件事了。勘一哥说婚事决定得很仓促，向显圆伯父致歉。

"哪儿的话，喜事一桩哪！"显圆伯父欣喜说道，"我虽不知道详细经过，但明白个大概了。"

"这样吗？"

显圆伯父所谓"明白个大概了"，是否表示他已经晓得我们两人不是真正的夫妻，而是假扮的呢？

"阿幸。"

"您请说。"

显圆伯父笑眯眯说道："打从勘一出生以后，我就看着他长大了。他虽然有些粗鲁，却是个诚实的好汉子喔！"

"您说得是。"

我也是这么想的，因此自然而然地点头附和。

"等到哪天把那些麻烦事都收拾妥当了，你们要是真能在这里举行婚仪，我可再高兴不过啦！"

我一面点着头，连自己都可以感觉到面颊涨红了。明知和勘一哥只是假扮成夫妻，听到这样的祝福，着实让人为难。

"这这这……我哪能……"勘一哥同样羞得满面通红。

"别急，勘一，你还得多加精进，才有资格当个好丈夫哪！"

"我自己也明白。"勘一哥苦笑答道。

第一章 〈On The Sunny Side Of The Street〉

当然，我化身为勘一哥的妻子，只是为了掩人耳目罢了。尽管才认识不久，我已经充分了解勘一哥是个非常好的人，所以，说来有些难为情，我并不讨厌扮演这个角色，或许过阵子还会习惯这样的日子呢。

"阿幸。"显圆伯父和蔼地笑着唤了我。

"是。"

"这一路，想必辛苦你了吧？"

"没的事！"我连忙摇头。

我明白，显圆伯父的意思包括了这几年的战争，但辛苦的绝不仅仅我一个而已。

"虽然辛苦，不过，新生活就要开始了喔！"

"新……生活？"

"对！"显圆伯父用力点头，"失去某些东西，表示接下来也会得到某些东西呀。你尽量对自己的新生活，许下各种希望和愿望吧。这些希望和愿望，将会化为活下去的力量。我也祝福大家在新生活里能够得到幸福喔，就如同你的名字一样。"

幸。意思是幸福。勘一哥和我不由得对看一眼，接着一齐躬身向显圆伯父致谢。

新生活。

在清晨的冷风中，我和勘一哥联袂走回"东京BANDWAGON"。归途上，我不由自主喏嚅念着这几个字。

勘一哥听见了,看着我微笑点头。

心底尽管还有数不清的担忧,但我已经在这许许多多人们的盛情支持下,展开了新生活。

就在这家洋溢着温馨的"东京BANDWAGON"里。

第二章

〈Tokyo Bandwagon〉

一九四六年一月

一

新年伊始。

正月初一的早膳,阿爹平静地微笑,说了句"最坏的一年已经过去了"。阿娘和勘一哥,当然还有和美,同样平静地点了头。

新的一年到来。尽管生活上依旧有许多不便之处,家里还是在门前摆饰了一对小小的门松。说是门松,其实只是勘一哥拿废木料做成门松的模样罢了。

乔先生、玛丽亚小姐和十郎先生,从除夕那天就不在家了。很巧的是,到了初三那天,三个人几乎在同一时刻——下午三时左右一齐回来了。

他们只不过离开家短短三天,已使得习惯热闹哄哄的和美觉得好寂寞。大过年的,整个家却是静悄悄的。因此,当玄关传来三人到家的声响时,和美简直是欣喜若狂。当然,我也和她一样欢喜。

第二章 〈Tokyo Bandwagon〉

他们很快地进了客厅，一齐坐到矮桌前相互恭贺一番，打开了话匣子。

"话说，开始要征收财产税呀、利得税呀什么的，真复杂哪！"

"对了，门票收入居然要抽高达百分之两百的税金呢！现在民众都争相看戏听歌，每一家曲艺场无不场场爆满，可曲艺演员们都泣诉根本挣不了钱，快要活不下去了呀！"

"也可能是因为不少曲艺演员都过惯了奢侈的生活吧。啊，美稻夫人，这是橘子、酒和米，还有电灯泡。家里的已经坏了吧？"

"哎呀，真不好意思，让你费心了。"

"啊，我也有礼物！瞧，这是香皂，LUX的唷！我还扒了几罐进驻军的罐头呢，有罐装咸牛肉，还有其他种类的。"

"听起来真好吃哩！"

"我也买到了香烟喔——。还有，这是给和美的HERSHEY'S的巧克力跟OREO的饼干喔——"

"十郎伯伯，谢谢您！"

才一会儿工夫，家里已经恢复昔日的活力。每个人脸上都是笑嘻嘻的。

"嘿，还有乳酪哩！喂，阿幸！可以请你把这玩意拿去切些出来吗？凉酒配乳酪，风味挺别致的咧！"

"现在就要开始喝了吗？"

"有啥关系，今儿个才初三嘛！而且大家刚到齐，咱们都还没团圆围炉呢！"

"阿娘，怎么办好？"

"那就准了你们吧，不过只能意思意思唷，待会儿就要开饭了。"

食材短缺，年菜只能凑合着做。年初三，家里倒还剩下一些蜜黑豆和醋拌红白萝卜丝。阿娘、玛丽亚小姐和我一起张罗些下酒菜，端上客厅的矮桌。

"咦，和美呢？"

"喔，方才榻榻米店的阿惠来了，两个小家伙跑出去玩了。"

"这样呀。"

对门榻榻米店的常本家有个比和美小一岁的女孩叫阿惠，和美跟阿惠非常要好，大概把刚收到的巧克力拿去分给阿惠了。

初一清早下了不少雪，到了下午就全部融化了。连日的晴朗持续到了今天，路面早已十分干爽了。

"东京车站的状态还是一样糟，顶上还破着一个大洞呢。"

"他们光是忙着恢复通车，已经心力交瘁了吧。"

阿爹说，到今年底之前，想必到处都还是一片残破不

第二章 〈Tokyo Bandwagon〉

堪。不过,也有很多楼房正在修缮重整,建设工程忙得不可开交。

"也有愈来愈多心术不正的家伙趁机扩张势力喽——"

虽然勘一哥说喝凉酒就好,但天气这么冷,我还是烫了酒才送上。十郎先生边斟酒边说,乔先生也点头附议。

"对对对,半年前根本没听过的家伙们,眼下一个个胡作非为,横行霸道了。"

"是呀是呀,我也听说了这种情形,整个社会好像秩序大乱了呢。"玛丽亚小姐也跟着帮腔。

"国家正值脱胎换骨的阶段,总得面临这种过渡期吧。"阿爹也略微皱眉,点了头。

这些事我一件也不懂,阿爹他们谈的大概是所谓的"黑市经济"吧。虽说是背地里的行为,到头来还是和明处的事兜到一块儿了。正如表里合一这句话所说的,受到日本国家体制渐次改变的影响,这些暗中的活动也逐渐起了变化。

"我们探听到的只有这些消息……"乔先生说着,看了我一眼。

这事和我有关?

"怎么了吗?"

"幸嫂子,非常抱歉。"乔先生向我躬身谢罪,"都过年了,却还是没能打听到您父母的下落。"玛丽亚小姐和十郎先生也一齐弯身向我致歉。

"哪儿的话，请快抬起头来！"

"这也是没办法的事。毕竟得慎重行事啊。"阿爹说道。

我们来到堀田家已经三个多月了。乔先生、十郎先生和玛丽亚小姐，当然还包括阿爹，大家都努力分头调查，却依然尚未查出任何线索。

"不要紧的，他们一定还活着。"我如此深信，"所以，请你们千万别再这样向我道歉了。"

"在阿幸面前，这话只怕不大恰当，但大家还是别着急，慢慢来吧。"阿爹说道，"这几个月下来，咱们始终没能搜集到有用的情报，表示对方并没有太大的动作，只有极少部分人士知道木盒里那份物件的重要性。甚至连那些向来熟知内幕的家伙，也认为这不过是一件可信度极低的传闻，安分得很。这种时候，倘若咱们妄加行动，怕不反倒打草惊蛇了。"

"对啊，所以得慎重再慎重哩！"

这时，忽然传来一阵砰砰作响，有人正在猛力敲打关上的店门。刹那间，所有人都采取了备战态势。

阿爹扬起手来制止了大家，"别慌！"

说完，他起身，走向店铺，乔先生和十郎先生亦紧随在后。勘一哥和玛丽亚小姐旋即来到我的身旁护卫。过了一会儿，十郎先生往客厅探了头，"玛丽亚小姐，有客人找

第二章 〈Tokyo Bandwagon〉

你呐——"

玛丽亚小姐的眼睛倏然瞪大,"有人找我?"她顺势起身,走向店铺,但牵着我的那只手并没有松开,于是我也只得跟着她一起去了。

"是你?"

只见门口站着一个大汉,一见到玛丽亚小姐现身,立刻鞠躬问候。他的头顶剃得光溜溜的,让人联想到大海怪,身上穿着破烂烂的复员军服,高头大马,连高挑的乔先生也得仰头望着他。

"久疏问安!"

那位光头大汉谦称正值开春喜庆,自己不好进入府上叨扰。但阿爹说古书店过年休息,一伙人站在门口讲话反而引人侧目,仍是请他进来才好说话。他于是低头弯腰进了客厅,谨小慎微地跪坐在玛丽亚小姐的对面。

"对不起,为了避人耳目,只得这身打扮前来。"

"你那笨大的身形,不管穿什么都一样引人注目。所以呢?专程跑这一趟,要报告什么?"

"是。"

光头大汉并未自报名号。乔先生、十郎先生,包括阿爹都没请教。看来,他们应是认为无须多问较为妥当。我现在比较清楚这方面的拿捏了。

"其实,俺今天是奉命来送这个的。"

光头大汉从怀里掏出一张纸搁在矮桌上,轻推向玛丽亚小姐。看起来像是一封信。

"这是什么?"

"老爷写的。"

玛丽亚小姐眯起眼睛,"干嘛,有什么事非得这样郑重其事写信来?"

"俺不方便透露,您只要读了信就会明白。之后再请您吩咐俺捎回答复。"

"哼!"玛丽亚小姐闷哼一声,轻轻拿起那封信,收到桌底下。

"另外,还有一事顺带禀报。是关于那只木盒。"

"木盒怎样啊?"

光头大汉拿眼朝四周溜了一圈,"万一真发生什么状况就太迟了。差不多是时候派俺们在这一带守着比较好吧?"

"你们要守在这里?"

阿爹、勘一哥和其他人都皱起了眉头。

"当然,绝不是因为俺们掌握到什么动静了。在大姐头的嘱咐下——"

"别叫我大姐头!"

"对不起。在玛丽亚大小姐的嘱咐下,俺们这几个月以来都在暗中留神某些家伙的动静。也就是那些只要稍有风

第二章 〈Tokyo Bandwagon〉

吹草动，就会马上四处打听的家伙。最近，这样的家伙好像开始蠢蠢欲动了。"

"难道……"阿爹问道，"那些家伙掌握到什么情报了吗？"

"不，不是那样的。如您所知，但凡能捞到一笔的消息，那种家伙的鼻子向来特别灵光。在这里的诸位若是继续到处打听，只怕迟早会把那些家伙引上门的。"

"你的意思是说，那种没长大脑的野蛮家伙，很可能会跑来胡抢一通，所以你们要在这里预先布桩？"

"正是！"

阿爹听后双手抱胸，陷入了沉吟。

"不过……"十郎先生说道，"到目前为止，知道幸夫人和那只木盒下落的，只有我们以及周边的极少数人而已。关于这一点，应该没错吧——？"

"是。当然，俺们这边也晓得木盒是什么东西，可就算把俺们的嘴撕烂了，也绝不会泄露半个字！"

"我这边也是呀——。知道的只有我和另一个人而已。GHQ里有一些人虽然推测木盒应该是被幸夫人带走了，但是除非机缘巧合，否则他们根本无从知道幸夫人藏身于此。所以呢——，虽说你们是好意守卫，但若被人发现你们常在这附近出没，恐怕成了'此地无银三百两'，会招来反效果呐——"

"这话说得没错！"勘一哥也点头赞同，"咱们只跟街坊提了阿幸是从横滨嫁来的媳妇儿，而且有些不好说的苦衷，所以万一有奇怪的陌生人前来探听，也请帮忙把人打发走。"

"我们设下的防护线完美得很，大家根本当我是住在这里的老邻居呢。这一带邻里街坊的凝聚力很强，教人安心得很。"

玛丽亚小姐说得没错。初来乍到，左邻右舍马上当我是嫁入堀田家的媳妇，非常热心地告诉我这附近的大小事情，我也觉得自己好像已经在这里住上很多年了。

光头大汉不知该如何是好，一股劲儿猛抓头。

"这事还真难办。你们最好心里有个底：所有人都已经听说了，住在那间大房子的千金小姐，带着某件很重要的东西走了，目前下落不明。总之，俺们会随时做好准备，只待吩咐一声，立刻采取行动！"

"知道了。"

"大姐头请保重。"

"就说别再叫我大姐头了！"

"对不起，大小姐请保重玉体。"

"知道了啦！"

"那么，告辞了。"

光头大汉迅即起身离开了。他正要走出店门时，和美跟阿惠恰巧结伴回来。两个小女孩撞见光头大汉的庞大身躯,惊讶得把眼睛睁得大大的。

"哇,巨人!"

等和美跟阿惠上了二楼房间以后,乔先生才开口问道:

"那,上面写什么?"

玛丽亚小姐读那封信时,从头到尾一直紧锁着双眉。读完以后,她只轻叹了一声,将信纸搁到桌上。

"只是一些家务事,完全不值一提。"玛丽亚小姐向在场的人扫了一眼,"不过,让大家担心也不好。"说着,她将信纸轻推向阿爹。

阿爹点头,取起信纸展读。读着读着,阿爹的眉毛略微挑高。

"原来如此。"接着,阿爹问了玛丽亚小姐,"可以告诉大家吗?"

"请。不过,还是我自个儿讲比较好。"

玛丽亚小姐举起眼前的一盅酒,仰头喝尽。可是,若我没记错,那只酒盅好像是乔先生的。

"那是我老爹的信。"

"是令尊的信?"

我不假思索反问一句。大家都没怎么听过玛丽亚小姐的家庭状况。

玛丽亚小姐苦笑着说："说是老爹，其实我是小妾生的孩子。……十郎老爷。"

"唔？"

突然被唤到名字的十郎先生，不由得眼睛睁大了一些。

"您应该听过，东北一带，有个人的名号叫'介山'吧？"

"喔——，当然如雷贯耳呀——！你说的是'东北之霸'介山阵一郎吧——？"十郎先生用力点头，"他以前拥有矿山，现在在土木界也是一方霸主，不论黑白两道，都握有相当的实力喔——"

"他就是我老爹。"

十郎先生和阿爹都相当震惊。乔先生自然知道这事，只稍稍点了头而已。

"原来如此，这下我总算明白了。"阿爹说道，"以前，我总以为你光凭迷人的魅力，就能随意使唤许多强壮的男子。"

玛丽亚小姐嫣然一笑，"真要光靠魅力，我可沾沾自喜喽。我叫得动的，只有我老爹的那些跟班罢了。刚才那个大汉，也是从我小的时候就跟在老爹身边的人。"

"这么说，虽说是庶出的，但你爹对你同样疼爱有加喽？"勘一哥问道。

玛丽亚小姐尽管面带不悦，仍是点了头，"他只是利用对自己有好处的人罢了。不过，我做的事也和他没什么

第二章 〈Tokyo Bandwagon〉

两样。"她掏出了一根烟点燃,"那个家伙,把我娘当宠物一般豢养在家里,却从来不曾对她闻问!娘死掉的时候,他连上个香也没来!"玛丽亚小姐咬紧了牙关,"我娘终年被关在一间小小的屋子里过日子,从未享受过宠爱和人生的快乐。当然,她根本没办法逃离那里。娘这一辈子,根本只为了满足那家伙的欲望而活!娘死掉以后,我并未和他彻底断了往来,就某层意义来说,是为了复仇!"

"复仇……"

"我大可当作没这个人存在……,不,开什么玩笑,哪能这样轻易放过他!为了报复他毁了我娘的一生,我要彻彻底底利用他!"

说到这里,玛丽亚小姐呼出一口烟气,稍稍伏下脸。这似乎是玛丽亚小姐第一次吐露自己的心声。

"这封信上写的是老爹的病情逐渐恶化,希望我回去探望一下。"

"真的啊?"

"我怎么可能去嘛!"充满愤恨的玛丽亚小姐从牙缝里迸出这几个字,"要死的话请自便!"

"我不该干涉别人的家务事,可是……"阿娘开了口,"既然令尊送来这封信,应该表示他心里还是挂念着玛丽亚吧?不回去探望,真的好吗?"

听完阿娘的规劝，玛丽亚小姐紧抿着双唇，头垂得更低，兀自吸着烟。

我们的确没有立场多说什么，但阿娘的话实在很有道理。

"也对，老板娘说得没错。无论如何，根据方才听到的最新消息，目前事态似乎变得有些微妙，开了春，各路人马恐将蠢蠢欲动，在这节骨眼上，总不能要我离开这里吧？"玛丽亚小姐笑得有些无奈，"我呀，早就下定决心，不管有多么危险，我都非得保护小幸不可！"

大家默不作声，聆听她表达自己的想法。尤其是深知状况的乔先生，更是始终一言不吭，直到这时候才开了口：

"嗯，玛丽亚。"

"干嘛？"

乔先生面带一抹微笑，"我懂你的心情。不过，就算现在只是你的家庭纠纷，迟早总会影响到幸嫂子吧？"

"会影响到小幸？"

"难道不是吗？"乔先生两手一摊，"要是你老爹死掉了，相关派系的势力必定会发生变化。况且此前可以任你随意使唤的那些手下，也不晓得是否还会听从你的差遣。换句话说，说不定你只能单打独斗、赤手空拳保护小幸了。"

玛丽亚小姐的头微动了一下，嘟起嘴巴来。

第二章 〈Tokyo Bandwagon〉

"你别只顾着撂狠话,总该好好想一想到底该怎么做,才是最好的决定吧!"

听了乔先生的分析,玛丽亚小姐终于轻轻点了头。

❖ ❖ ❖

堀田家的库房当作书库使用,里面满满的全是阿爹所说的人类的智慧结晶。我也进去过好几次帮忙整理书册,里面真的搜集了好多好多书籍。数量如此庞大的藏书,在战争期间居然没被政府当局没收,一切多亏祖父堀田达吉绝大的影响力。

入冬以后,书库里顿时成了冰窖。长时间的低温不利于书册的保存,所以拿了两只火盆进去,让书库里变得温暖一些,但毕竟里头全是易燃物,所以必须派人轮流守在火盆前。

古书店的生意,多半由勘一哥、阿爹,以及身为贸易商而擅长接待的乔先生,一同穿上背心制服看店;我和玛丽亚小姐、十郎先生则轮流递补。当书库里摆着火盆时,我们三人会一起进去,各自找书阅读,打发时间。当然,我和玛丽亚小姐平时还会帮阿娘打理家务。此外,身为东京医专学生的勘一哥、阿爹还有我,也得抽空轮流帮和美做功课。

我在堀田家的日子过得忙活又快乐。

"我说,小幸。"

"嗯?"

十郎先生正坐在书库的夹层看书,相当入迷。

"关于刚才的事……"

"请说。"

"以前告诉过你,我有个妹妹在很远的地方吧?"

是的,我还记得这件事。

"我妹妹和外公外婆住在一起。我娘只将我带在她身边,把妹妹养到三岁大,就送去乡下了。"

"原来有这么回事呀。"

"后来,我曾和妹妹见过几回。问题是,我做的是这一行,外公外婆一见到我就不给好脸色看。话说回来,妹妹还是别跟我这种人扯上关系,才能过得幸福吧。"

"您可千万别这么想!"

玛丽亚小姐解释,这些年来,她没再去见妹妹,只寄钱过去而已。

"我妹的名字,叫幸子。"

"啊!"

我总算明白,为何玛丽亚小姐如此疼爱我了。

玛丽亚小姐嫣然一笑,伸出手指在我面颊轻抚了几下。

"你们两个相像的不单是名字,连眼睛都像极了。"

第二章 〈Tokyo Bandwagon〉

"我们的眼睛很像吗？"

玛丽亚小姐轻轻地点了头。"就是那种从小只看到美丽事物的清澈眸子。那是我已经不再拥有的纯真眼神。"

"哪儿的话！"

"幸子她呀，经常写信给我。她曾说过，以后想和我一块住，哪怕只是在出嫁前和我小住几天，她就心满意足了。"说着说着，玛丽亚小姐的眼眶湿了，"那根本是不可能实现的愿望嘛！"她挤出一个悲伤的笑容，视线重又落回了书页上。

原来，玛丽亚小姐当我是她的亲妹妹，那位渴望住在一起，却无法如愿以偿的妹妹。或许，在玛丽亚小姐的心里，和我在一起的日子是她格外珍惜的经验。

我什么都无法为玛丽亚小姐做。唯有竭尽全力，和她一起度过快乐的每一天而已。

到了晚膳的时刻，大伙一如往常围坐在矮桌前，聊得十分热络。忽然间，聊谈的话题告一段落，乔先生对阿爹说道：

"草平先生，我有一件事想讲。"

"唔。"

乔先生一边吃饭，脸上没有丝毫阴霾。"老实说，我恐怕也有一桩私人的麻烦事喔。"

"什么？"

大家愣了一瞬。到底有什么麻烦事呢？

乔先生带着歉意，向大家低了头，"说来也巧，玛丽亚今天下午才刚收到信，我犹豫着该不该在这时候说出来，于是耽搁了一些时候。"

"干嘛这么见外啊？赶快讲啦！"

"你急什么！其实，和玛丽亚那件事一样，我私人的这桩麻烦，只怕也和幸嫂子的事脱不了干系。"

"这话真教人不放心哩！"勘一哥不由得探出了身子。

"对了，我以前跟勘一讲过吧？我妈是美国人。"

"有啊，你跟我提过这事。"

这还是我头一回听到乔先生的身世。当然，从外貌一眼即知他具有外国人的血统。

"简单讲，我爸是到美国留学的日本人。听说他在那边和我妈相爱，结为连理。谁知道我爸还没看到我出世，就染上流行病死了。结果我妈大概觉得苗头不对，扔下了刚出生的我，自己一个不晓得上哪去了。这就是我身世的秘密。"

"好可恶啊！"

勘一哥为乔先生打抱不平。阿娘也听得皱起眉头。真没想到世上竟有这样的母亲。

"所以呢，我后来就在孤儿院长大。之后，可以说是被

第二章 〈Tokyo Bandwagon〉

冷狐收留下来，带我回到日本帮他做事。"说到这里，乔先生望向阿爹，"最近呢，总算打听到那个抛弃我的人了，虽然还在查证当中。"

"是喔？"

"她好像来日本了。"

"哇！"勘一哥兴奋地挥舞着筷子说道，"那，对你来说是好消息？坏消息？"

"目前还没办法下定论。她是GHQ干部的夫人，随丈夫暂驻日本。"

"此话当真？"

不单阿爹，在场的人无不惊愕万分。

"当然，这消息也很可能是错的，我打算再继续探听清楚，不过，我也不知道确认的结果是福是祸。总之，那都不会影响到我现在的工作。"

"嗯。"阿爹点头说道，"倘若一切顺心如意，可就帮了大忙。"

阿爹说得很有道理。但勘一哥看起来似乎欲言又止，其实我也有些在意。

"不好意思……"我开口问道，"假如，那位夫人果真是乔先生的母亲，您……"

我犹豫着没说完的话是：您打算怎么办呢？

乔先生咧嘴而笑，"我已经不是毛头小子啦。都已经长到这个岁数了，压根没打算如何报复我妈抛下了我的深仇大恨。不过，老实说，我倒是想至少得狠狠挖苦她两句。"

"唔。"勘一哥点了头，"我刚才没问到。你说，或许确认的结果是福，意思难道是那位可能是你娘的夫人，她丈夫所属的部门是——"

"没错！你这颗脑袋瓜好像愈来愈灵光了嘛！"

"少啰唆！"

"正是情报部的。而且还是我们迟迟没法打探到动静的GHQ参谋第二部！"

"竟有此事！"十郎先生惊呼一声，"此话倘若当真，对我们可是再好不过喽——"

玛丽亚小姐也点头附议。一旁听着的还有和美，只是不晓得她听懂了多少。这些话其实不好在孩子面前说，但阿爹认为，和美既是家里的一员，也该让她知道这些事比较好。何况冰雪聪明的和美，不久前才刚亲眼目睹了父母撒手人寰。阿爹不希望她来到新家以后，让她觉得只有自己一个受到了排挤。

"哎呀，毕竟是新年嘛！"一直睁大眼睛安静听话的和美，忽然开了口。

"怎么？新年又怎样了？"

"新年，不就是一元复始、万象更新的时候？起了变化是很自然的嘛！"

第二章 〈Tokyo Bandwagon〉

大伙顿时笑开了脸。
"一点没错!"
"和美,你说得真好呀!"
"让我们祈祷一切顺心如意吧!"
无论面临任何困境,都绝不能失去希望。这是阿爹常挂在嘴边的一句话。希望在这新的一年,我能够继续保持坚强的意志。

二

洋溢着喜庆气氛的正月已过,二月也即将来到尾声了。天皇陛下发表了《人格宣言》*并于战争结束后首度巡幸,政府也正式准许女子进入大学就读。这种种变化,无不让人感受到整个社会似乎愈来愈不同于以往,或者该说是真真确确地不断变动当中。

几天前,我扭开收音机,流溢而出的是英语会话的教学节目。我觉得发音似乎不大标准,但这个节目依然广受欢迎,尤其是那首《Come Come Everybody～》**,这附近的邻居们个个都能琅琅上口呢。

---

*《人格宣言》为1946年1月1日日本昭和天皇发表的皇室诏书。诏书后半部分否定了天皇作为"现代人世间的神"的地位,宣告天皇也是仅具有人性的普通人,从某种意义上减弱了长久以来存在日本国民脑中的忠君思想。

**《Come, Come, Everybody～》由日本放送协会(NHK)"英语会话教室"节目(15分钟)1946年2月1日至1951年2月9日每周一至周五下午6时播放,日本放送协会英语会话讲座讲师平川唯一(1902-1993年)作词。

第二章 〈Tokyo Bandwagon〉

"一切恍如隔世啊。"阿爹苦笑说道。

记得就在不久前,人人大声疾呼英语是敌国的语言,必须彻底摒弃,没想到眨眼工夫就兴起这股拥抱英语的热潮。当然,就算没有广播教学,现在满街都是美国人,一般民众在和他们沟通的过程中自然而然就学会英语了。

比方和美就是个最好的例子。和美起初是跟着阿爹跟勘一哥学英语,现在家里又多了乔先生、玛丽亚小姐、十郎先生还有我这好些个通晓外文的人,自然能将英语融入日常对话之中。与其说是学习,更像是一种游戏呢。

"(这位夫人,今天天气还真不好呢!)"

"(大小姐,您该说:'天气真不错呢',这样才对唷!)"

时间是上午十点半。玛丽亚小姐跟和美在店里扫地,一面说说笑笑,乐不可支。

阿娘横滨娘家的祖母身子不大舒坦,阿爹和阿娘昨晚联袂回去探病了。今天由勘一哥坐镇账台,我也穿上背心制服来到店里帮忙。乔先生和十郎先生各自有事,出门去了。

尽管书库里多得是藏书,但现下仍不宜搬出来摆满书架。目前贩售用的旧书和出租书的比例,约摸是各占一半吧。

家里的古书不乏价值数千万的昂贵珍本,然而眼前的时势并不适合拿出来卖。倘若一时不慎放到架上,说不定连好人也会一时忍不住诱惑，偷去转卖以接应生活，所以店里最贵的书顶多是五十圆，便宜的连五钱一本的也有。所幸包括邻居在内的顾客正日渐回流当中。

GHQ的书籍审核依然相当严格，听说还专门设置了广播局和审核局，对送审的诸多节目和书籍的内容予以详细审查。

"最近增加了不少出版品哩！"

账台桌上堆着好几本这几个月以来面世的杂志，勘一哥正在随意浏览。他的眼光驻留在刚刚出刊的《文艺春秋》上，嘴里嘟嚷着好的跟坏的全混在一起，简直是鱼目混珠嘛。

"对了，阿幸。"

"是。"

"堆在那边的图画书，下回要是有'贫困同胞救济团'的孩子们来，就拿给他们吧。你可以帮忙把书绑成一小捆一小捆的，方便孩子拎提吗？"

"我知道了。"

路上常见国民学校的孩童们抱着箱子在街头募款。他们劝募的不单是钱，甚至连一把米、一条地瓜、一本图画书，统统欢迎捐献。这些物资是要送给失去了父母的孤儿。

虽说是为了掩人耳目才住在这里的，但四个月过去，我已经完全适应了身为勘一哥妻子的生活，和祐圆兄与其

第二章 〈Tokyo Bandwagon〉

他邻居们往来时得心应手,宛如我从一出生就住这里似的。

勘一哥的性情有些粗野又不讨人喜欢,不禁教人怀疑他真是和蔼可亲的阿爹和阿娘生下的孩子吗?不过,他的纯真善良和毫不掩饰的直率,让我开始觉得即使永远住在这里也很好。

的确,比起昔日身为华族女儿的富裕生活,这里的环境很不一样,可我毕竟是"处变不惊的小幸",天天都过得快乐极了。

当然喽,这些事我是不好意思说出口的。

"勘一哥。"

"唔?"

"您不回学校了吗?"

"喔,这个嘛……"

我已经在这个家住惯了,即便只和勘一哥两人独处,也能轻松自在地与他聊谈。

"我原本就不怎么喜欢上学。套句阿爹的口头禅,像这样在家里看看书、走入社会,反而能够学到更多哩!"

勘一哥在学校读的是医科,可他说自己还差得远。

"我也想过还是学个一技之长比较好,可实在读不下那些个琐琐碎碎的。"说着,他笑得很开心。

勘一哥的五分平头变长不少,头发已能乖顺地贴在头上了。勘一哥的发质粗硬,和阿爹的柔软发质完全不同。

"罢了,就这样接下第三代店主,也挺不赖的。"

勘一哥在战时被征派到海军,后来因为胸部的疾患而回家休养了。当然,他现在已经完全康复,身体健康又强壮。阿爹曾笑说,这小子莫不是嫌当兵麻烦,故意装病溜回来的吧?还说,别瞧他现下一副耿直的模样,其实从小扯谎诓骗,样样拿手。老实说,我虽不赞同说谎的行为,可一想到这的确很有勘一哥的作风,便忍不住会心一笑。

"顺便把檐廊和玄关和院子也一并扫一扫吧——!"

"扫一扫吧——!"

玛丽亚小姐跟和美愉快地飞奔着,穿过了店里,钻出了客厅。她们两人的年纪虽和母女相仿,却犹如姊妹般常在一起笑闹。身为歌星的玛丽亚小姐时常哼着曲子,和美的歌喉也不容小觑。每当两人边唱歌边打扫时,左邻右舍都说她们真是一对开心果呢。

如此安稳的日子,对照 GHQ 以及其他一些难以想像的人们正倾力搜查我的下落,企图夺走那只木盒的现实,让人觉得不可思议。

不过,我心里明白,这样宁静的生活是在许多人士的大力帮忙之下才得以享有的。事实上,美国士兵也曾带着翻译来到这附近打探,询问邻居有否哪户人家收留了陌生的年轻女子,幸亏左邻右舍都答称没听说,也还好美国士兵没有采取地毯式的盘查,未曾来到堀田家查访。

第二章 〈Tokyo Bandwagon〉

大家虽没告诉我详情,不过阿爹的友人冷狐先生似乎故意放出了我已经出国的假消息,刻意混淆视听,扰乱调查工作。

多亏许多人默默努力,我才得以如此平安度日;然而,我自己却什么忙也帮不上。唯一能做的,只有把痛苦深藏心底,每一天都活得开朗而欢快,以勘一哥妻子的身份、堀田家媳妇的身份,尽力让大家在这里住得舒舒服服的。

"好,扫完了!"

"扫完喽——!"

我回到客厅准备沏茶时,玛丽亚小姐跟和美刚从院子里回来。两人拍拍手掸掉灰尘,在矮桌前坐了下来。

就在这个时候,屋后的木门那边发出了咔嗒一声。我正要回头探看,方才还坐在榻榻米上的玛丽亚小姐瞬时身形一闪,挡在我的前方作势反击。

"退下。"玛丽亚小姐低声对我说道。她的背影散发出一股肃杀之气。

于是我依照她的指示走向店铺,边走边望向院子那边。只见有个身穿军服、貌似复员军人的男子站在木门前,帽檐压得低低的,身后还跟着一个穿着劳动裤裙、裹着头巾的女子。男子正要打开家里的木门时,我感觉到后方的勘一哥也动了起来。

"请问是哪一位?"

"是谁?"

"打扰了。"

玛丽亚小姐、勘一哥,以及那个复员军人,三方同时发出声音。复员军人说完那句话后,抬起头来。

那一瞬间,我可以感觉到玛丽亚小姐倒吸了一口冷气。

"是你……"

跟在复员军人后方的那个年轻女子忽然冲向前方,边跑边取下了头巾。瞧她的年纪,约摸和我相仿或是小我一两岁。她顶着娃娃头发型,眼睛乌溜圆大,长相可爱。

"姐姐?"

一听见这声呼唤,玛丽亚小姐立时捂住嘴巴。她惊诧地瞪大眼睛,浑身虚脱地瘫坐下来。我慌忙赶过去扶住她的肩膀,可以感觉到她正在微微颤抖,那双美丽的眼眸已经沁出了泪光。

"幸子……"

幸子? 莫非是玛丽亚小姐的妹妹,幸子小姐吗?

"是幸子吗?"

"姐姐!"

幸子小姐喊着,奔了过来。玛丽亚小姐连草屐都来不及跐上,光着脚就从檐廊跳下了院子,把飞扑过来的幸子小姐紧拥入怀。

"你怎么会在这里?"

第二章 〈Tokyo Bandwagon〉

"我好想姐姐、好想姐姐呀……"

幸子小姐含糊不清的泪声,从玛丽亚小姐的怀里隐隐传出。

玛丽亚小姐的嘴唇抿成了一条线,抬头仰望天际,叹了一声,仿佛强抑着不让泪水淌下。我跟和美只能在一旁默默守望,两人的嘴唇同样抿得紧紧的。我轻轻伸手,揾了揾眼角。

这时,我听到站在后面的勘一哥啐骂了一声混账,使劲抹掉了眼泪。

❖ ❖ ❖

"没招呼一声就登门拜访,实在抱歉。"

"请别这么说。一路奔波,辛苦您了。"

玛丽亚小姐那位扮成复员军人的父亲——介山先生,和阿爹隔着矮桌相对而坐。幸子小姐坐在介山先生的旁边,玛丽亚小姐坐在妹妹的对面。介山先生这身装扮是为了避人耳目。除了他们二位以外,似乎还有许多随从人员一道前来,现下大抵潜伏在附近提高戒备吧。

"容我正式自我介绍,在下介山阵一郎。"

"我是堀田草平。久仰介山先生大名。"

"好说好说!"介山先生满布皱纹的面孔露出了笑容,

"没想到竟能见到三宫达吉先生的公子，这下可以含笑九泉了。"

介山先生接着说，达吉先生仍用三宫姓氏的时代，他们曾在工作场合上见过几次面。介山先生卧病之后，捎信给玛丽亚小姐希望她回来探望，玛丽亚小姐后来虽覆了信，却没有回去位于岩手县的老家。介山先生说起话来仍是声如洪钟，但身躯已瘦成皮包骨了。他的身高与勘一哥相差无多，但披落于耳前的银白长发，愈发突显了身形的孱瘦。

从前耳闻介山先生乃是东北地区一方霸主，实际见了面，却没有感受到丝毫威慑与傲气，就像一位高尚的乡村老爷爷而已。

"听说您玉体违和，长途旅程可还禁得住？"

介山先生轻挥了手，"命不久矣，就算躺着养病也不济事了。不过……"

说到这里，介山先生顿了一顿，望向玛丽亚小姐。接着，他向阿爹致了歉，膝行退下了坐垫，向玛丽亚小姐伏身谢罪。阿爹十分错愕，瞪大了眼睛，而玛丽亚小姐同样仓皇失措。

"路子。"

路子小姐。那该是玛丽亚小姐的本名吧。玛丽亚小姐一时语塞。

"你也知道，我已经活不久了。我撑着这把老骨头，拼

第二章 〈Tokyo Bandwagon〉

死把幸子带来这里，只为了向你道歉。"

玛丽亚小姐欲言而出，却无法发出任何声音。片刻过后，她终于开口说话了：

"叫我玛丽亚！"

幸子小姐抢着唤了一声："姐姐！"

"什么事？"

"是我说的！是我说想和姐姐见面的！假如这真是最后一次机会的话，我想要父女三人见上一面！"

幸子小姐似乎也是接到了介山先生的去信，才回去探病的。为了完成介山先生最后的心愿，她留在父亲的家里住了一些日子，等待玛丽亚小姐的归来。

"我知道姐姐恨爹。这事连我也能感觉得出来。可是——"

"幸子！"

介山先生打断了幸子小姐的话，"别再说了。"

"可是——"

"玛丽亚。"介山先生挺直了腰杆，"我明白你一直恨死我了，也知道你没法见到幸子都是我的错，所以我不会多做辩解。只是在我死前，希望你能让我做一件，不，两件事，当作赎罪。"

"赎罪？"

两件事指的是什么呢？在场的人纷纷露出不解的表情。

原本面向玛丽亚小姐的介山先生，此时重又面对阿爹端身正坐，露齿一笑。霎时间，介山先生身上那股孱弱气息倏然一扫而空，浑身散发出慑人的气势。

"堀田先生。"

"请说。"

"我有一项请求，以及一件提议。"

"请直说无妨。"

介山先生的目光投向了玛丽亚小姐和幸子小姐，"玛丽亚这倔强脾气，真不知道是像谁的。就算我说了要她回来和幸子住在一起，她也不听。既然如此，可否请您允许我们在这里叨扰两三日，让这对姊妹能一起过上几天呢？"

"喔，那是当然！"阿爹笑着回答，"只要你们不嫌这儿地方小，别说是两三天，想住多久都没问题。欢迎欢迎！"

"非常感激您的隆情厚谊。"介山先生向阿爹欠身致谢。"另外还有一件。这件提议和贵府面临的棘手事相关。"

"此话怎讲？"

"您晓得我手下的人吧？那个高头大马的男人。"

阿爹点了头。嗯，介山先生说的是那位光头大汉吧。此刻的介山先生，从讲话语气到举手投足，和初来乍到之时截然不同，充分展示出东北之霸的统领威严。

"我好不容易才向那家伙问出了这件事。我拜托他，假如他正在听从玛丽亚的吩咐，请告诉我到底是怎么回事。

第二章 〈Tokyo Bandwagon〉

临死前，我希望能为玛丽亚做些什么。"

介山先生为自己的多事，向阿爹弯身道歉。阿爹连忙摆手说承受不起。

"然后，幸子同样也一直很希望帮上姐姐的忙，偿还她多年来照顾的恩情。前阵子我们住在一起，两人谈过以后，发现想法一致，于是就来到这里了。"

阿爹不解地歪着头思忖。介山先生微笑说道：

"我相信三宫先生的公子、被誉为比父亲更加才气焕发的草平君，一定知道我想做什么！"

介山先生出了一道谜题给阿爹猜。只见玛丽亚小姐和阿爹都皱了眉头。待在店里竖起耳朵聆听的勘一哥也双臂抱胸，望着天花板思索。

"莫不是……？"阿爹倏然瞪大了眼睛，"那怎么行呢！"

看到阿爹的反应，介山先生转头看着幸子小姐，点了头。

"府上的幸夫人，我们家的幸子。玛丽亚想要守护的人居然名字相同，我认为这是天意。当然，幸子已经下定决心了。"

"万万不可！况且，我相信阿幸绝不会答应让幸子小姐当她的替身的！"

"啊？"

"啥？"

玛丽亚小姐和勘一哥同时惊呼起来。我惊讶得连声音都发不出，唯有睁大了眼睛。当我的——替身？

"莫非，您的意思是……"勘一哥问道，"您和幸子小姐在这里暂住几天，估忖适当的时机，父女俩再一起回到岩手。不一样的是，来时遮遮掩掩，归途却大摇大摆、沿路敲锣打鼓吧？"

介山先生看着冲进客厅的勘一哥，露出称许的微笑，"你是草平君的独生子吧？不愧是堀田家的人，真灵光！"接着，介山先生看着我说道，"届时，我会暗中放出消息，说是五条辻家的千金——咲智子小姐，连同那只木盒，已经落入'东北之霸'介山阵一郎的手里了。"

天啊！

"当然，这充其量只是流言，迟早会被拆穿，但至少可以解除草平君和各位的困境，多争取一些时间救出咲智子小姐的令尊令堂吧？"说着，介山先生看着玛丽亚小姐，"既然待在我们家里，即便在这帝都作乱的地痞流氓倾巢而出，抑或美国军队派出一个师团的兵力大举进攻，你应该很清楚，我这把老骨头仍有十足的把握可以击退外敌，绝不会让幸子伤到一根皮毛，我向你保证！"

玛丽亚小姐始终默默地听着介山先生的这番话。她凝视着介山先生，再和幸子四目相望。

介山先生的身躯忽然缓缓摇晃了一下。他身上的霸气

第二章 〈Tokyo Bandwagon〉

似乎又消失了。

"这就是我向你的赎罪、幸子对你的报恩。你已经决心要守住幸夫人和木盒,请允许我成为你的后盾吧。"

语毕,介山先生深深地平伏央求,幸子小姐同样跪膝伏首。

"混账……东西……"

一个小小的声音响起。介山先生和幸子小姐随声抬起头来。声音是从玛丽亚小姐嘴里发出的,从她那颤抖的唇隙间流泻出来的。

"你这个……混账东西!都过了……这么多年……,你才要……向我赎罪?……"玛丽亚小姐哽咽得语不成声。她浑身发抖,强忍着泪水。"幸子……也是。瞧你说的……什么话?就凭你……想帮我……?也不掂一掂……自个儿的斤两……"

好不容易把话说完,玛丽亚小姐挤出了微笑,泪水却再也不听使唤,扑簌簌地滑落下来。幸子小姐起身扑向玛丽亚小姐,紧紧拥住。

"姐姐!"

"真是个小傻瓜,这样岂不是本末颠倒了?这下子,犯傻的不就是我吗?小傻瓜、小傻瓜……"

玛丽亚小姐嘤嘤叨念着这一句,把幸子小姐牢牢搂紧。

"原来发生了这么一件大事呀——"

深夜,乔先生和十郎先生回到了家里,见到桌边坐着幸子小姐时还能保持镇定,待得他们听说"东北之霸"介山先生正在楼上睡觉的时候,两人着实吓了好大一跳。

"幸子和玛丽亚长得不太像呀?"

"大家都说我比较像外婆。"

等到安顿下来以后,幸子小姐恢复了平时活泼的个性。她小我两岁,相当能干。

"恐怕要在贵府打扰两三天,有劳诸位多加关照。"

"哪儿的话,我们才要谢谢你呐——"十郎先生喜滋滋地接着说,"家里又多了个女孩,真是满室生香呀——"

乔先生听了,忍不住苦笑了,"十郎兄。"

"什么事呀——"

"我最近终于明白一件事了。"

"请说请说——"

"瞧你外表一脸威严,没想到内心挺罗曼蒂克的嘛!"

一句话逗得大家捧腹大笑。这话由我说来怕不有些僭越,可家里总算恢复昔日的热闹了,真好。不论事情的发展如何,我决定幸子小姐住在这里的这段时间,要让她尽情向玛丽亚小姐撒娇。

第二章 〈Tokyo Bandwagon〉

三

日子如飞梭一般，眨眼即逝。

时序来到三月，院子里的樱花开始吐蕊绽放，介山先生选在这样的一个日子里，带着幸子小姐回去岩手县了。事情一如他的策划，趁夜离开堀田家住进旅社，再从那里声势浩荡地启程返乡，刻意引人注目。

幸子小姐穿上了我那天回家取来的衣服。我拼命把难受往心里藏，显然没有藏好，仍是被幸子小姐瞧了出来，笑着对我说"绝对不会有事的"，便随父亲离开了。

玛丽亚小姐也搂着我的肩说："是真的，尽管放心！"

玛丽亚小姐说，介山先生家里，有很多比那位光头大汉更加高大的壮丁在。不管发生任何状况，都必定能够化险为夷的。

过了一些时候，乔先生帮冷狐先生带话回来，说是五条让咲智子落在介山阵一郎手中的传闻已经满天飞，我们应该可以放心过上一阵子平安无事的日子了。与此同时，GHQ内部的秘密行动则变得相当沉寂。

然而，这也意味着更不容易探听到我父母的现况了。对方没有任何动作，我们就无从探寻起。

尽管如此，我，堀田幸，依然努力过着平凡的每一天。

阿爹和阿娘去镰仓参加朋友的葬礼了。既然大老远跑一趟，他们决定利用这个机会放自己三天假，好好休息一下。介山先生和幸子小姐也回去了，家里一下子变得很冷清。

用完早膳，我跟和美一起收拾碗盘，玛丽亚小姐与勘一哥负责看店，乔先生到横滨处理贸易事务，十郎先生也出门做进一步的调查了。

"我说，小幸姐姐。"和美一擦干饭碗，唤了我一声。

"什么事呢？"

"玛丽亚姐姐和乔哥哥，他们两个是不是情侣呀？"

这话把我吓了一跳，不由得睁大了眼睛。

"为什么你会这样想呢？"

和美笑嘻嘻地抬头望着我，"因为上次呀……"

"嗯？"

"玛丽亚姐姐在哭，然后乔哥哥在安慰她嘛。"

和美说，她是在某天晚上看到这一幕光景的。半夜，

第二章 〈Tokyo Bandwagon〉

和美下楼小解,恰巧看见他们两人并肩坐在院里书库的台阶上。玛丽亚小姐正在哭,一旁的乔先生很温柔地拍着她的肩,对她说话。

"所以喽,我猜他们大概是一对吧?"

"真发生过那样的事吗?"

他们两人向来不在乎世俗的眼光,即便一起坐在院子里被家里人瞧见了,也算不得什么吧。可话说回来,玛丽亚小姐竟然在别人面前流泪,这倒是令我相当惊讶。依她的倔强,应当不愿意让人瞧见她的眼泪。不晓得发生什么事了。

"听说他们是青梅竹马,所以很要好吧。"

"嗯。"

"不过,这件事可不能说给勘一哥听喔!"

"我知道,勘一是个死脑筋嘛。"

我们两个一齐嘻嘻窃笑。和美不但天真烂漫,更是个聪明的孩子,将来一定会成为一位温柔又出色的女医生。

叮当叮当,门上的挂铃响起,有客人上门了吗?勘一哥说欢迎光临的招呼声传了过来。

"我端茶过去吧。"

"嗯。"

我沏了茶,一杯是给勘一哥的,再准备了一只客人用的茶杯。说不定来客是位老主顾。

"和美,可以去请玛丽亚小姐过来吗?我们也来喝个茶休息一下吧。"

"好——!"

和美应声后,去找玛丽亚小姐了。我端着托盘来到店里,只见一位身穿西洋服饰的女士站在账台前。她的容貌和玛丽亚小姐一样五官深邃,有点像是外国人。

"欢迎光临。"

那位女士身上的长大衣很明显地是上等货,烫卷的发式应该是时下最流行的。老实说,这样一位女士站在古书店里,感觉有些突兀。当然,我没见过这位客人,可又觉得似曾相识。

"请问要找什么书吗?"勘一哥面色透着狐疑地问道。

听起来,这位女士才刚站到勘一哥的面前。她冷冷地看了勘一哥和我,这才用那张涂着艳红胭脂的朱唇开了口:

"这里是叫作'东京 BANDWAGON'的旧书店吧?"

刹那间,勘一哥的眉毛挑得老高。倘若对方不是女性,只怕此刻勘一哥早已顶回一句"不是看了招牌才进来的吗?"所幸勘一哥在任何时候,总是对女性十分有礼。他咧嘴笑着回答:

"正是小店。"

我可以感觉到,那位女士似乎有些紧张。

"听说,有个叫高崎乔的混血男子住在这里?"

第二章 〈Tokyo Bandwagon〉

勘一哥和我对望一眼。她是乔先生的客人吗?

"是有这个人,但他出门了。"

"这样呀。"女士嘀咕了一句。我仿佛瞥见她若有似无轻叹了一声,难道是我的错觉吗?

我身后传来一阵窸窸窣窣,想必是和美跟玛丽亚小姐正在探看状况。

"瞧你年纪不大,是这里的店主?"女士以不大友善的口吻问道。

勘一哥的火气直往上冒,依旧耐着性子和对方周旋。勘一哥的脾气比从前好多了。

"我是店主的儿子。再过个二十年,大概可以坐上店主的位置吧。"

二十年后,阿爹才七十多岁,可得长命百岁才好。

那位女士轻轻点头,拎高了手提包。这时,玛丽亚小姐忽然悄无声息地走进店里,向女士施了一礼后,站在她旁边的书架作势伸手整理,但视线却牢牢盯住女士的手。

这些日子以来的经验告诉我,玛丽亚小姐正在防备那位女士对我不利。

我还不曾真正遇袭,不大懂什么时候有可能遭到枪击,但我相信,一旦那位女士从手提包里掏出了手枪,玛丽亚小姐必定会以迅雷不及掩耳的速度一掌拍落的。玛丽亚小姐的身手就是如此矫捷。

然而，女士从手提包里拿出来的只是信封而已。玛丽亚小姐紧绷的肩膀稍稍放松了一些。

"可以把这个交给那个叫高崎乔的人吗？"

信封有两枚。勘一哥接下女士递过来的信封，旋即皱起眉头。从触感判断，一封里面只装着薄薄的信纸，但另一封却颇有厚度。勘一哥将那只厚信封在手上掂了掂重量。

"夫人。"

"怎么？"

勘一哥探出了身子，"小店是可以帮他代收，不过想请问一下，这里头装的是什么？"

"不告诉你就不代收了吗？"

"这边的……"勘一哥拈起那只薄信封，"应该只是一封信吧。假如只需转交这封信，倒是没什么问题。我也不会僭越多问您和乔的关系。但是……"勘一哥拿高了厚信封，"这边的，里头装的东西恐怕就不大妥当了。再怎么瞧，都像是塞满了钞票呀！"

原来是钞票哦。从大小来看的确没错，而且还是一大笔钱。

"那家伙做的生意确实需要动用大笔资金，不过这位夫人，很抱歉，我不认为乔会把自己的顾客找来这家店见面哩！"

"少胡猜！你交给他就是了！"女士的语气有些强硬。

第二章 〈Tokyo Bandwagon〉

我虽忖度着是否该插个话缓和气氛，暂时还是交给勘一哥处理吧。

"不好意思，咱们这儿做的可是老老实实的营生，恕不受理来路不明的东西。即便只是代为转交，不清楚里头的明细那就伤脑筋了。可否请您告知真实身份，抑或讲明寄放的是什么东西吗？"

女士霍然锐眼瞪视勘一哥。我从方才就觉得，这位女士似乎一直在虚张声势。瞧她指尖好像微微发抖，是我眼花吗？

"那就算了！"

女士一把抓起搁在账台上的信封，转身准备离去。

"等一下！"

女士吃了一惊，不由自主地停下脚步。叫住她的是玛丽亚小姐。玛丽亚小姐缓步走向门口，站在女士的面前，挡住了她的去路。

"你，应该是乔的母亲吧？"

勘一哥瞪大了眼睛，我同样惊愕得伸手掩口。从我这里看不到女士脸上的表情，但很明显地，玛丽亚小姐的话令她深受震撼，从肩膀到全身都在颤抖。

"玛丽亚，你这话是……？"勘一哥问道。

玛丽亚小姐盯着女士的脸，慢慢地往我们靠近两步，女士不由自主地随着玛丽亚小姐的移步，转头面向我们。

"你们自己看啊,她的眼睛和嘴角,跟乔简直一模一样嘛!"

听玛丽亚小姐这么一说,果然非常神似。难怪我方才觉得似乎曾在哪里见过。

"可是那家伙说,他母亲是美国人啊?"

"应该是日裔美籍吧?"

这说法的确不无可能。乔先生的鹰钩鼻,或许遗传自家族里的某位外国人。

女士缄默不语良久,高耸的肩膀忽然泄了气地松垮下来。"是吗?说过了哦。"

她的意思应该是指,原来乔先生已经告诉我们他的身世了。我总觉得她的语调有些生硬,大概是不常说日语吧。

"既然如此,事情就好谈了。这个拜托了。……这回,总该愿意收下了吧?"说着,乔先生的母亲重又把信封摆回了账台上。"里面的东西你猜对了。不过……"她倏然扬起头来,"告诉高崎乔那个人,再也不准说出这件事!他真要把这事四处张扬的话,到头来为难的可是他自己!"说完,她满目怒火地瞪着我们。

正当乔先生的母亲准备离开的时候……。

"慢着!"

勘一哥猝然朝账台猛力拍了一掌,气冲冲地起身。我还来不及阻止,他已粗暴地把那两只信封统统撕开了。

第二章 〈Tokyo Bandwagon〉

"啥？……不许他在你身边出没？就算再怎么找，也绝找不到你们是母子的证据？要是胆敢继续纠缠不清，恐怕会大难临头？"

哎呀，信里竟写了这些事？我再朝另一只信封里探了一眼，里面果然装了很多钱，而且都是刚发行的新钞。

"可恶！你不但威胁他，还拿钱来打发他！"

勘一哥跳下账台冲向乔先生的母亲，几乎要揪人似地堵到她面前。

"勘一哥！"

我不假思索抓住了勘一哥的手臂。勘一哥费了好大力气，才克制自己不伸手去抓人。

"阿幸，别担心。我堀田勘一再怎么不济，也绝不会对女人动手的。"说着，他向我点了头。"但是，我说你这个人！——"勘一哥转过头去，用力指着她叫骂。

乔先生的母亲扬起右手，挥开了勘一哥的手指，"不要这样。随便伸手指人，可是会为自己制造敌人的！"

"啐！搬出老美的习惯来唬人，甩你哩！叫啥名字，报上来！"

乔先生的母亲大大地叹了口气，"真是个野蛮人哪。我叫琼恩。"

"琼恩夫人。好！"勘一哥抱起胸来，"(Mrs.琼恩。我想，对您来讲，用英语交谈比较轻松吧？我深知自己非常无礼，但恕我不能不说。您明白自己做的事，是在践踏别人的尊严吗？）"

琼恩夫人不禁瞪大了眼睛。这也难怪。我到现在始终没能适应勘一哥像这样态度骤变。不晓得勘一哥对自己在这两种语言之间的转换——平时是道地江户人粗犷的口气，偶尔冒出宛如英国皇家使用标准英语的上流口音——是怎么看待的呢？

"（您丢下了乔是事实。想必过去有种种隐情，我不会多加过问。被您弃之不顾的乔，现在已在日本长成一个杰出的男人了。如此说来，或许连您抛弃乔这件事，也是上天安排的命运。）"

琼恩夫人依然直视着勘一哥。

"（乔曾对我说过。事到如今，他再也不怨恨抛弃了自己的母亲，不但不恨，而且当他得知母亲还健康活在世上的时候，甚至感到无比的欣喜。这样的反应，连他自己也很讶异。）"

原来乔先生是这么想的。

"（他调查之后，发现您成为美军人士的夫人了，过着幸福的生活。更令他吃惊的是，听说您来到日本了。当他想到……，当他想到……，身上同样流着日本人和美国人血液的母子俩，如今居然同样在这块具有特殊情感的日本土地上，呼吸着相同的空气时……）"

第二章 〈Tokyo Bandwagon〉

说到这里，勘一哥已经语不成声。我仿佛还瞧见了他眼中的泪光。

"那家伙他！那家伙他……可恶！"勘一哥再度指着琼恩夫人，"你知不知道？他跟我讲这件事时，高兴得简直要飞上天啦！就算是把自己当作野狗扔掉的母亲，当他知道母子两人都活下来了，而且同在日本的时候，他好高兴、好高兴，高兴得差点哭啦！"

一滴泪，从勘一哥的眼角滑落下来。他抬起手臂使劲抹掉泪痕。

"谁晓得……谁晓得你竟然拿这种鬼玩意来！你还算……你还算个母亲吗？还算个娘吗？你究竟把人家的一片孝心当成了什么！"

勘一哥顺手一甩，信封被扔到了地上，难以计数的巨款依势滑落出来。琼恩夫人的目光随着信封垂落，好半晌就这么望着地面，一动不动。过了一会儿，她依然低着头，直接转身面向店门，背对着我们开了口：

"（勘一先生，您的英语真流利。那位高崎先生，拥有这么多好朋友，想必非常开心。）"

琼恩夫人一下子说完这串话，便快步走出店铺了。一直在后面听着事情始末的和美忽然冲进店里，想要把琼恩夫人追回来，却被玛丽亚小姐抱住拦了下来。

"和美，不必追了。"

"可是……！"

"不必追了。"玛丽亚小姐又复诵了一次。

和美的表情有些生气。"可是，她不是乔哥哥的娘吗？这样乔哥哥就见不到娘了！"

应该没有人比和美更能体会见不到父母的寂寞，所以她才想去追琼恩夫人，阻止她离去。

"这样就好了。"

"为什么？"

玛丽亚小姐松开手，缓缓站了起来，看向面壁良久的勘一哥。

"我想勘一应该了解，不过我还是跟你说一声。"

"啥事？"

玛丽亚小姐微笑了一下，"刚才那个人，是在了解一切情况以后，才来到这里的。她知道乔正在调查、但还没查个水落石出的事情。她也发现乔常在她周遭出没。而这一切，都是非常危险的。"

玛丽亚小姐说得没错。要是乔先生已经查出什么线索了，一定会告诉我们的。可是，乔先生说他还没掌握到明确的证据。

"我不晓得她是怎么知道的，总之，为了保住乔的这条命，她特地来告诉乔，千万别再继续接近她了。美军方面似乎已经察觉到乔的行动，太危险了。她要提醒乔必须顾

第二章 〈Tokyo Bandwagon〉

及自己的安危。"

玛丽亚小姐的分析很有道理。GHQ干部的夫人单枪匹马来到这种地方,单是这个举动已经相当危险了。然而,她还是来了。

"我也这样认为。"我向玛丽亚小姐点了头,"她一直都很紧张。虽然气焰很嚣张,但我觉得那应该是故意装出来的,因为她的手指不停地发抖。"

"哼!"勘一哥转过身来,把掉落在地上的钞票捡了起来。"那点小事,我知道啦!"他长叹一声,把钱摆回账台上。"就连这些钞票……"他从胸前的衣袋里掏出香烟,点了火。"真不知道她是上哪儿张罗来的?虽说是军方干部的夫人,要筹到这么一大笔钱,总不是容易的事吧!"

"是呀,我也这么认为。"

"大概是当成赔罪吧。"

"赔罪?"

勘一哥咧嘴而笑,看着我们,"除了用钱做补偿以外,她啥也没法为儿子做。虽说把怀胎十月辛苦生下的孩子给扔了,对孩子还是有感情的吧。"

或许真是这个原因,她才会怀着赎罪的心态来到这里提出警告。

"我知道是知道啦,不过……"勘一哥呼出了一大口烟气,抬眼看向店门外,"还是想趁这个机会,帮乔好好一吐怨气嘛!"

我刚来到这里的时候,原以为乔先生和勘一哥两人互不顺眼,但很快就发现我想错了——他们其实非常欣赏彼此。乔先生很喜欢勘一哥的直率,而勘一哥很中意乔先生的善良。

玛丽亚小姐嘻嘻笑了起来,"真想让乔听一听勘一那番大动肝火呀!"

"少啰唆!"勘一哥板起了臭脸。

"我会从头到尾,一字一句,仔仔细细讲给乔听的唷。"

勘一哥惊恐地睁大了眼睛,"求求你,千万别说啊!和美跟阿幸也一样,知道吗?你们绝对、绝对不可以讲哦?"

勘一哥那拼命哀求的表情,逗得我们三个捧腹大笑。

❖ ❖ ❖

到了晚上,阿娘拨了电话回来,说是明天就提早回来了。晚膳只有勘一哥、我、玛丽亚小姐跟和美四个一起吃,十郎先生和乔先生都没回来。

"他们两个怎么还没回来啊?"

碗盘已经收拾妥当,我们四人围坐在矮桌前喝着茶。

"家里只剩我一个男人,他们到底干啥去啦?"

"放心,他们已经安排好,叫耗子过来帮忙了。"

第二章 〈Tokyo Bandwagon〉

"啥？耗子？"

真的吗？我丝毫没有察觉哪。

"那家伙在哪儿啊？"

玛丽亚小姐露出了微笑，"他正谨守本分地在站岗呢。只要有形迹可疑的家伙接近，就会马上通知我的，请放心。"

"这样啊。"勘一哥点点头，"所以才会叫耗子过来喔。"

收拾干净的矮桌上，摆着两只信封。是乔先生的母亲拿来的信封。

"你在干嘛？"

"还能干嘛？在想该怎么把这玩意交给他呀！"

玛丽亚小姐嘻嘻笑道："说来说去，你们感情挺好的嘛。"

"要你管！"

"那家伙不会有事的。"玛丽亚小姐轻轻点了头说道，"直接把东西丢给他就行了。讲一下事情的过程，然后说我已经帮你好好训了一顿，永绝后患喽！"

"谁说得出口啊？听清楚了，你们谁也不准说！"

正当玛丽亚小姐、我以及和美三个女生故意逗勘一哥，装模作样耍贫嘴时，忽地听见玄关开锁的声音。

"我回来了——"

"回来喽！"和美绽开灿烂的笑容，立刻站起来跑向玄关。那是十郎先生的声音。

"十郎伯伯!"

和美陡然大喊一声。话声中充满的不是欣喜,而是惊吓。勘一哥、玛丽亚小姐跟我对看了一眼,迅即起身。

发生什么事了?

待我们赶到玄关一看,十郎先生瘫坐在入口垫高处,和美在一旁焦急地直问他要不要紧。

"十郎老爷!怎么了?"

"啊——,不好意思,吵到大家喽——"

面向我们的十郎先生的表情失去了光彩。

和美把十郎先生身上的深蓝色长斗篷掀开来察看。"勘一!十郎伯伯受伤了!这里流血了!"

"啥?"

勘一哥急吼吼地将长斗篷一把扯下。定睛一看,他那件碎白花纹的和服被血迹几乎染成了黑褐色,上面还绽了好多口子,犹如被人拿剪刀乱剪一气。

"勘一哥!"

"知道了。快点!"

勘一哥拉起十郎先生的手,扛到客厅里让他坐着,将上半身的衣服脱去。他身上裹着漂布的地方已渗出血来。

"没什么,不过是被划了几道小口子嘛——"十郎先生笑道。

第二章 〈Tokyo Bandwagon〉

的确,十郎先生的气色还好,看来应该止血了。玛丽亚小姐依照十郎先生的吩咐取来烧酒,而和美更早已拿来一只医生的诊疗包了。之前曾听过,那是她父亲的遗物。

"这里有消毒液喔!"

和美很快从诊疗包里掏出一只玻璃瓶,迅速洒在干净的漂布上,捂住十郎先生侧腰的伤口。

我听说,战争期间,和美是父亲治疗伤患时的最佳帮手。此刻目睹她利落的动作,确实令人佩服。

"唔,没事,的确是割伤。"勘一哥察看伤口以后也点了头。

连我这个门外汉也看得出来,这明显是刀伤。和美把沾了消毒液的漂布,一块块覆在十郎先生上半身裸露出来的伤口上。

"稍微缝一下吧?"勘一哥问道。

我险些忘了,勘一哥是医学系的学生。他在军队里也曾受过卫生兵的训练,处理伤口应该不是什么难事。

"不好意思,劳驾你喽——"

"小事一桩。来吧!"

勘一哥拿起针线,麻利地把伤口缝合起来。我光在一旁瞧着,就觉得发疼,可十郎先生连眉头都没皱一下。缝合完毕以后,勘一哥拿消毒过的干净漂布重新包扎起来。

玛丽亚小姐约摸瞧着已经没有大碍,送了茶上桌。

"十郎老爷,到底是怎么回事?凭您的身手,竟有失算的一天?"

"哎——,真是脸上无光呐——"

十郎先生喝了茶歇了一下,笑中带着无奈。就在这个时候,玄关又传来了开门声。

"我回来了。"

这次是乔先生。和美慌慌张张奔了过去,立刻拽着乔先生的手揪进客厅。乔先生满脸莫名地瞪大了眼睛。

"太好了,乔哥哥没事!"

"或许该等草平先生回来以后再讲……"十郎先生说道,"没关系,等他明天回来,我再向他说一遍吧——"

"十郎兄身上的伤,总不是伙伴下手的吧?"勘一哥问道。

"哎——,说来丢人,还真是自家人做的好事呢——"

竟有此事?玛丽亚小姐和乔先生听得都皱眉了。

"战争结束后,情报部当然也随之解散了;然而,已经建立起来的管道,即便细小如山野兽径,也没那么轻易就会消失,所以我才会藏身在这里喽——"

"前言可以省了,快切入正题。所以咧?"

性急的勘一哥催着十郎先生往下说。时常说着说着就岔了题的十郎先生,只得苦笑着点了头。

第二章 〈Tokyo Bandwagon〉

"简单讲,解散后的情报部成员,大概分成了三群——"

"三群?"

"一群和美国人联手,一群跟英国人结盟,还有一群流入民间喽——"

"这样啊。"

"毕竟都是些只敢在背地里活动的家伙,他们互通有无,各谋其利,混得还不错呢——,连带地,流落民间的那群家伙,也逐渐显露出他们的劣根性来了呐——"

乔先生听到这里,恍然大悟地拍了一下,"原来如此!"

"怎样?"

"你们听我讲。"

乔先生稍早去了横滨办了些贸易业务,在那里的会员酒吧里听到了不少情报。

"好几个小混混聚在那里,说是今天晚上有桩好生意可以捞一笔。雇用他们的是失势的陆军人士,说是要清理门户之类的。"

"这一来,整件事全兜起来了!"

"你的意思是,和十郎兄分道扬镳的家伙雇了小混混,想要杀掉十郎兄吗?"

听了这段分析,在场感到震惊的人却只有我一个。不管是玛丽亚小姐、乔先生,甚至连和美也是,大家只露出茅塞顿开的表情，面容凝重地点着头。

"他们大概没真要我死吧——，否则就不会拿刀子这种磨磨唧唧的玩意儿来招呼我喽——"

"有道理。"

"虽说我身手不比从前了，可区区两三个拿着刀子的小混混，又能奈我如何哩——？这点，我以前的伙伴也心知肚明。"十郎先生又接着说，"他们大概只是想吓唬吓唬我罢了。看来，时候到喽——"

"什么叫时候到了？"

十郎先生朝勘一哥点点头，长长地叹了一声，再望向我这边。

"或许，该是我离开这里的时候喽——"

第二章　〈Tokyo Bandwagon〉

四

不到中午，阿爹和阿娘已经到家了。大家一起用午膳时，向他们两位报告了昨晚十郎先生遇袭一事。

十郎先生虽受了伤，所幸仍然很有活力，连发烧都没有。他笑着说，这种事早就是家常便饭。我想，十郎先生所言不假。因为昨晚脱去他的衣服时，确实目睹他身上遍布伤疤。

自从我来到这里，才深深体会到：每一段人生故事，都有其辛酸血泪，忍不住为他们叹息。

"原来如此。"阿爹喝着茶点着头，"这么说，袭击你的是目前流落民间的前陆军情报部人员，然而此一举动与木盒一事无关——如此解读，是否正确？"

十郎先生点点头，"是这样没错。掌握木盒这件情报的人，只有极少数。况且多亏介山先生的精心安排，众人只得静观其变，按兵不动喽——"

"是呀。"阿爹点头赞同。

"应该好一阵子都没人敢轻举妄动吧?"勘一哥接口道,"只要木盒的事没有走漏风声,咱们就安全了。占领日本的虽说是盟军,实际上全被美国佬一手把持,早就满肚子火的英国人倘若哪天果真在背后使绊,我猜,大概就是盟军结束占领,退出日本的时刻吧。"

乔先生也深深点头同意,"届时应该会签订某种条约吧。到时候各方人马就会摩拳擦掌,企图争夺那东西了。"

说着,乔先生朝我背后扬了扬下巴。那只木盒,正是藏在我身上那件背心的后腰处。

一开始穿上的时候挺别扭的,最近已经习惯了,丝毫感觉不到木盒的存在,反倒是多亏有了这只盒子,让我随时随地都能保持抬头挺胸的姿态。

"现在企图知道木盒里面到底装着什么的家伙,目的只是为了钱。"

包括阿娘在内,在场的成年人无不深深点头,陷入沉吟。

忽然间,和美问说:"那些钱……"

"嗯?怎么样?"阿爹反问和美。

"那些坏人拿到钱以后,想要做什么呢?"

"唔……"

阿爹开始思忖,乔先生和十郎先生则露出了苦笑。

"他们打算再一次发动战争呀!"

第二章 〈Tokyo Bandwagon〉

开口回答的人是玛丽亚小姐。坐在和美旁边的她,伸手轻抚着和美的头。

"你不喜欢打仗吧?"

"讨厌死了!"

"很好。战争根本是男人家自私自利的举动,到头来倒楣的都是无端受到连累的女人和小孩。开什么玩笑!所以说呀,和美……"

"什么?"

玛丽亚小姐朝和美的头顶轻轻拍了一下,"由我们来狠狠整一整那些可恶的大人!"

"好!"

和美的大声喝好,惹得众人笑了出来。

"那么,昨天那场袭击有何目的呢?"阿爹问道。

十郎先生点了头,说道:"有个人死掉了。"

阿娘、和美还有我吓得捂住了嘴巴,但其他人十分镇定,连眉毛都没有挑一下。

"死的是谁?"

"除了我以外,另一个知道木盒的人,就是我的上司——"

"为何他会遇害?"乔先生问道。

"那些家伙想要从他嘴里套出木盒的秘密呀——。只不过,他们根本连木盒的存在也不晓得,单是听说我们有件东西可以捞上一大笔,就抓了他逼供喽——。说起我那位上司,要论机智狡猾,可不只比我强上十倍呐——"

"结果对方没能拿捏好力道,在还没问出来之前,就把他给弄死了?"

"就是这样呀——"说完,十郎先生看向我,连忙补充,"幸夫人请千万别把这事往心里去喔——,说穿了,这只是我们自家人的内讧。即便幸夫人没带着那只木盒,还是极有可能闹出这种乱子的嘛——"

"对呀!"玛丽亚小姐拍了我的肩头,"小幸,你可绝对不能觉得内疚喔!"

"他们说得没错。"阿爹先劝慰了我,才又往下说道,"这么说,那些家伙今后仍旧会袭击十郎吧?所以你认为,自己应该离开这里比较好。"

"不幸之幸是,那些人都以为我住在这里,单纯是为了隐藏身份罢了。在他们看来,不过是一个落魄军人寄宿在熟识的古书店里呐——。趁他们还这样想的时候……"

"你的意思是,趁着星星之火尚未燎原之际吗?"乔先生双手抱胸说道。

"十郎伯伯,要走了吗?"和美揪着十郎先生的衣角问道。

"是呀——"

"我不要!好不容易大家才住在一起的呀!"和美撇着

第二章 〈Tokyo Bandwagon〉

嘴不依，"跟我们住一块儿嘛！"

"和美呀——，你这话真教人高兴呐——。可是，再这样下去……"

"不如我叫他们来吧？"玛丽亚小姐出了主意，"事到如今，干脆把我身边能动用的那些人找来，要他们在这附近站岗。"

玛丽亚小姐说的是她父亲的部下吧。

"我能够直接指挥的大概有十个，再包括他们手下的小弟，加起来差不多有三十人，我想应该可以守得住。"

"我这边只要撒些银两，应该可以找到五十个左右。"乔先生接口道。

只见和美浑身发抖，不晓得她脑海里浮现了什么样的画面。其实我也是。原以为自己已经有了觉悟，但实在没料到事态竟已演变到如此恶劣的地步了。

"我可不喜欢那种有火药味儿的事唷！"

始终保持静默的阿娘，突然开口说话了。她虽和往常一样笑吟吟的，却以略微强硬的口吻对阿爹说道：

"咱们把阿幸藏在家里，究竟是为了什么？不就是要让阿幸能够安安心心过日子，直到需要她出面的那一天来临吗？"

阿爹点了头。

"可是，如果现在把事情闹大了，我说，你到时候该怎么向阿幸的父亲——五条辻政孝先生赔罪呢?"

"阿娘,请千万别这么说!"

"这事你别操心。家里这对爷儿俩平时老是说大话,这种时候就得要他们拿出真功夫来才成!"

"可是,这一切问题的原因都在我身上——"

我正想说,只要我离开这里,问题就解决了;然而,十郎先生却抢先扬起手来,拦着不让我往下讲。

"不不不,只要我离开就没事了呐——"

砰的一声,阿娘倏然拍了桌子,"都讲了,我就是不喜欢那样呀!"

"啥?"

"和美不也说了吗?好不容易大家开开心心住在一起,为了这点小事就要分开,我不喜欢这样呀!"阿娘看着我,浅浅一笑,"阿幸也不可以成天到晚把那种念头摆在心里唷!就是因为有你在,这个家才能变得如此热闹欢乐嘛。十郎先生、乔先生、玛丽亚,你们说说,以前的生活和住在这里的日子比起来,哪一种比较开心呢?"

玛丽亚小姐嫣然一笑,"老板娘说得没错。现在的日子真快乐,可以说是我人生中最快乐的时光喽!十郎老爷跟乔,应该也一样吧?"

十郎先生和乔先生都尴尬地笑了。

"好!"勘一哥霍然大喊一声。"阿爹!"

第二章 〈Tokyo Bandwagon〉

"唔?"

"阿娘说得对!十郎兄帮了这么多忙,倘若咱们就这么让他走了,可不是砸了堀田家这块招牌吗?话说回来,真要让那些恶人摸上门捣乱,这又对不起街坊邻居了。好不容易才打完了仗,现下要是被咱们搅得不得安宁,以后可就没脸去见咱们的祖宗啦!"

"你说得对啊。"

"难道没什么好主意吗?阿爹帮忙动动脑吧!"

"唔……"阿爹发出沉吟,抬头望向天花板。"……街坊邻居……有道理……"

不知道阿爹在打什么盘算。大家一言不发,默默注视着阿爹。阿爹虽不像勘一哥、乔先生或十郎先生那般精擅武艺,但论起智慧与才华却是无人能及。

乔先生曾说过,阿爹要是愿意站上政治舞台,应该足以带领这个国家前进。乔先生的老板冷狐先生在政界里以谋略闻名,但乔先生愿意打包票,阿爹的能力远远在冷狐先生之上。

"对,无力对抗。"阿爹说道,"拿勘一、乔和十郎来说,你们应该有力量和那些家伙实际对战,然而咱们家的其他人却没有那种能力。平凡人都是这样的。面临大军压境的暴力时,根本毫无招架之力。"

勘一哥虽然满脸莫名,仍是噤默地往下听。

"美稻说得对,把阿幸留在这里,就是为了让她过上安稳的日子。当然,咱们若是下定决心,也不是不能对抗武力入侵,不过,我打算用另一种力量来反制。"

"另一种力量?"玛丽亚小姐反问道。

阿爹用力点头,继而转头唤了一声:"和美。"

"什么事?"

"当你走在海边的沙滩上,如果不想被浪花溅湿了身子,该怎么做?"阿爹笑嘻嘻地问道。

这是猜谜吗?

和美尽管有些错愕,依然回答了,"用沙子堆出护墙。"

"沙子会被海浪冲垮吧?"

"那,我去捡石头,用石头堆出石堤。"

"石堤被海浪拍打久了,迟早会坍垮下来吧?"

"呃……"

和美非常认真地想答案。十郎先生、乔先生和玛丽亚小姐也纷纷歪着头思索起来。

"喂喂喂,大家可不能当真哩!"勘一哥绷着脸提醒,"这谜题既是阿爹出的,肯定是异想天开的答案嘛!要是老老实实想解答,可就是呆瓜啦!"

"勘一,依你这么说,可有答案?"阿爹点起香烟,挑高了右眉,向勘一哥下了战帖。

"横竖不就是只要飘到天空上,就不会被浪打到了之类

第二章 〈Tokyo Bandwagon〉

的怪谜底嘛！"

"完全正确！"

"啥？"

阿爹咧嘴而笑，"咱们来享受一下飞上云霄的快乐吧！"

"阿爹，您在讲啥啊？"

"就是派对呀！"

"派对？"勘一哥扯开嗓门反问。其他人同样瞪大了眼睛。

"咱们在这儿办一场盛大的派对，立刻就办！大伙得分头张罗了，这下有得忙活喽！"

"阿爹，您没发烧吧？"勘一哥凑向阿爹，似乎真的很担心。

"原来如此！"十郎先生倏然双掌一击，"若是怕海浪，只要飞到拍打不着的地方，就能逃过喽——"

"啥？"

"我懂了！"这回轮到乔先生开口，"就某种意义来说，就是向对方展示另一种层次的力量吧！"

乔先生似乎也已经明白了。

勘一哥心有不甘地歪着脑袋，发出闷哼。

"什么意思啊？"

和美问了我，可我也不解其意。顶多只晓得阿爹要在这里举行派对而已。

"来吧，现在就开始准备！"

所谓的派对，其实是古书的非公开展示会。

"咱们是古书店，能办的自然只有这个喽。"阿爹笑道，"战争结束，迎来新春，出版业界也恢复运作了，该是时候邀请各界共襄盛举，光临咱们家引以自豪的'开仓大吉'仪式喽！"

摊开邀请函的名单一看，不禁令人瞠目结舌。除了古书店的同业以外，还包括老字号出版社、新兴出版社、诸多作家文士、解体前的财阀与政府相关人士、企业界翘楚，甚至是乐坛和演艺圈的熠熠红星亦在邀请之列。真不晓得堀田家如何能这般广结四海，光看就教人头晕眼眩哪。

"真把我给吓坏啦！"

邀请函由大家分头缮写。玛丽亚小姐写得十分感叹，"我虽听过堀田家的祖父曾是财阀，可作梦也没想到居然拥有如此强大的人脉哪。"

"是呀。"我也使劲点了头附和。

"小幸应该很习惯这种场面了吧？列在这里的姓名，总有你认识的人吧？"

这话倒是真的。我自然认得几位人士的大名，可那些都是家父的朋友，并不是真和我熟识的人。

"这的确是不折不扣的'力量'哪！堀田家有办法邀来

第二章 〈Tokyo Bandwagon〉

众多各界菁英齐聚一堂，天底下不会有傻瓜胆敢闯进这地方的！"

这正是阿爹的计划。阿爹所说的用另一种力量制衡，指的是迥异于暴力的文化力量。

同样在里屋缮写邀请函的勘一哥来到了店里。

"我这边的地址已经抄完了，还有没写完的吗？"

"啊，这边这边！"玛丽亚小姐递给他几张尚未抄录完毕的地址。"我说，勘一呀。"

"唔？"

"这份名录上的绿波，你见过面吗？"

玛丽亚小姐说的是古川绿波先生。我虽然不大清楚，但似乎是一位家喻户晓的知名艺人。

勘一哥点了头，"有啊，我小时候见过。"

"真的？"

"有回他在有乐座剧场做闭幕演出时，大人带我去看过。下了戏，他还顺道招待咱们去了新英格兰大饭店用餐哩！"

"那，这里的志贺直哉先生，不就是那位很有名的作家吗？这一位你也认识？"

勘一哥再次点了头，"不过，和他熟识的是阿爹和爷爷。印象中曾去过他位在热海的家作客吧。"

玛丽亚小姐把头摇了又摇，叹了一声，"我到现在才发现,自己简直来到东海龙宫喽!"

"太抬举啦!"勘一哥朗声笑道,"那些只是爷爷留下来的遗产罢了,跟我一点关系也没有。别嗑牙了,今儿个不寄出去可就来不及啦!"

三月里的一个吉日。

大清早,登门造访"东京BANDWAGON"的宾客川流不息。店里的书架全部移开,改摆桌子。

书库门扉大敞,院子里也搬来小桌子和长板凳,以供大家随意览读或小憩一番。毕竟这是千载难逢的"东京BANDWAGON开仓大吉"传统仪式。勘一哥说连这一回算在内,他也仅仅躬逢其盛了两次而已。他说:"第一次举行时我还是个小不点,只隐约记得家里好热闹啊。"

负责接待来客的,自然是阿爹和阿娘,另外还有玛丽亚小姐及乔先生帮忙招待,和美更是展露她那无比可爱的笑靥,像只花蝴蝶般穿梭在宾客之间,我和十郎先生则待在厨房里准备茶饮和点心。不消说,一来是十郎先生不太愿意在大庭广众之下露脸,再者宾客当中也有几位曾经见过我。只是他们应该连作梦都没想到,那个身穿烹饪罩衣的人竟会是五条辻咲智子,所以应该不必过于担心。

当我把法式小咸点送去檐廊那边的时候,在附近神社当主祭的显圆伯父刚来,坐到阿爹的旁边,开口把我唤住了。如同勘一哥和祐圆兄是一块长大的,阿爹和显圆伯父

第二章 〈Tokyo Bandwagon〉

同样是儿时玩伴。只是,勘一哥和祐圆兄是同一年出生的,但显圆伯父比阿爹稍长几岁。

"不过,草平从小就是我的老大喔!"

"真的吗?"

一旁的阿爹笑得有些不好意思。

"说来,这家伙还小我三岁呢。对了,那是什么时候的事啦?"

"显圆兄,老掉牙就别提啦。"

"那怎么行!这种事当然得让阿幸知道嘛。记得那时我十二岁,这家伙是九岁。我当时可是这一带响叮当的孩子王喔。"

从显圆伯父现在的温文和蔼,实在难以想像他小时候的顽皮模样。

"那时候的我啊,别说附近的男孩子害怕,连女孩子也常被我恶作剧惹哭了。至于草平虽然住在这样的老街上,毕竟家世显赫,和咱们过的日子根本不同,叫人瞧不惯,我可真没少欺负他呢。"

"我受你欺负得可够惨啦!"

"原来显圆伯父和阿爹小时候是这样的呀。"

"后来有一天,草平来神社找我,说要和我决斗。"

决斗?

阿爹点了一支烟,嘴角浮现出一抹窃笑。

"那时，有个女孩叫聪子，和草平很要好。草平说，他不许我再继续欺负聪子了。"

"哇！"

我忍不住抿嘴而笑。原来阿爹早从孩提时候，就是一位绅士喽。

"然后，你们就打了一架吗？"

"不不不，是拳击。"

"拳击？"

"你听过什么叫拳击吗？"

"那是当然。"

我不但晓得拳击属于奥林匹克运动会的其中一项竞赛，还知道乔先生是位拳击高手。

"可我那时候压根没听过这玩意儿。结果这家伙居然翻书给我看。"

显圆伯父描述，阿爹从店里带来了一本介绍拳击规则与练习方法的书，不过，是一本英文书。

"我哪里懂啥劳什子英文呢！所以这家伙就翻译给我听，两个人开始照着书里写的练习对打，还拿破布把拳头扎起来呢。"显圆伯父笑得十分畅怀。

"这么说，你们二位一同练习拳击，学会了以后，才开始决斗吗？"

"对对对！"显圆伯父点头如捣蒜，"擂台就借用庆典时

第二章 〈Tokyo Bandwagon〉

的相扑台。"

我终于忍不住噗嗤笑了。显圆伯父说,那场决斗最后是自己输了,不过在这段过程中,他早对阿爹的聪明与男子气概折服不已。

"喔,我在这儿磨蹭太久喽。"

说着,显圆伯父站起身来,忽又盯着我瞧。

"怎么了吗?"

显圆伯父露出了开心的微笑,"阿幸,你已经很适应这里的生活了吧?"

"啊,是的,托您的福。"

"草平,不管任何时候,只要说一声,我那儿随时都可以办仪式喔。"

阿爹先是错愕地睁大了眼睛,旋即笑着点了头。

所谓的仪式,是为我举行的吗?难道是为我和勘一哥举行的吗?我可以感觉到自己的面颊发烫了。

显圆伯父笑着起身,说声那我走啦,迈步离开,恰巧和两位走向这边的男士错身而过。

"草平君。"

两位绅士走了过来,向阿爹打了招呼。

"啊,正木老师、小舟老师!"阿爹起身,很高兴地与他们握手。"两位老师硬朗如昔,真是太好了!"

"托福,草平君的气色也很好。方才在书库里和勘一君聊了几句，他还是一样充满活力呀。"

"勘一根本是只打不死的蟑螂哪。"

阿爹拿自家儿子调侃，笑得乐不可支。接着，阿爹看向我这边。

"正木老师、小舟老师，这是咱们家那只打不死的蟑螂刚过门的媳妇儿。"

"我叫阿幸。"

正木老师连忙欠身说失礼了，而小舟老师则惊讶地眼睛瞪得圆大。

"这位正木老师不但是医生，还是位写侦探小说的作家。"

"这样呀。"

"至于这位小舟君同样是新进的侦探作家，也是勘一从军时的朋友。"

"真不希望听到那家伙和我一样待过军队呀！"小舟老师苦笑道。

真叫人好奇，勘一哥当兵时莫非总是胡混度日？

"可话说回来，我自己也没上战场就回来了，同样是个窝囊废。"

他说，有不少人虽然被征召入伍，但还没奔赴沙场，战争就结束了。不过，由于这场悲惨的战役夺走了太多条人命，后来也有些人不堪苟活，自己结束了性命。

第二章 〈Tokyo Bandwagon〉

这两位老师和阿爹聊到,有许多才华洋溢的作家们都在战争中丧生了,委实令人惋惜。

"不过,"小舟老师微笑着说,"从今尔后,我要用笔和稿纸来打仗了。难得老天爷留下活口,我得为了死去的伙伴们加倍努力,奋战到底才行。"

"说得好!期待拜读你的大作。"阿爹微笑着称许鼓励。

❖ ❖ ❖

"话说,还真是了不得呀——!"

十郎先生和我在厨房里略做休息。

"什么人了不得?"

"草平先生呀——。的确,能够邀集了这么多头面人物来到家里,就算是傻瓜也明白,万万不可在太岁头上动土。何况连报社的记者也都来了呐——"

是呀,眼下有好多记者和摄影师正围着阿爹访问,还有些去采访与会的知名人士。我想,明天的报纸应该会刊登相关报导吧。

听阿爹他们说,"东京BANDWAGON"的书库里面珍藏着许多连位高权重者也难得一见的古籍,再加上这回还展示了非常多乔先生特地由国外找来的外文书,不但在文化交流上具有重大意义,也邀集诸多外国人士前来一睹盛况。

"每一个店员都会说英语的古书店，全日本也找不出第二家来喽——"

"真是如此。"

我望着和美端着托盘，来回穿梭在宾客之间送上茶水和糕点。

"这样……"

"什么——？"

我心头仍有一抹挥不去的担忧。

"这样，真的就不会有事了吗？我是说，那些袭击十郎先生的人，真的就不敢来攻击这里了吗？"

十郎先生用力点了头，"没问题喽——。那些家伙大概没想到，这家店居然拥有如此庞大的人脉。他们绝不敢傻到成群结队闯进来的唷——"十郎先生拍了我的肩头，"不必担心，像以往一样过日子就行喽——"

像以往一样，和平常一样。十郎先生他们总是如此对我说。我虽然由衷感激，却没有办法回报他们的恩情。

十郎先生坐在圆凳上，抬眼望向喧闹的院子。他虽看似好整以暇，想必绷紧了神经，仔细观察有无可疑的人事物。

"十郎先生。"

"请说请说——"

第二章 〈Tokyo Bandwagon〉

尽管已经同住一个屋檐下好几个月了,却没有人知道十郎先生的人生经历。虽然阿爹一定晓得,但我从来没问过。

"您是东京人吗?"

我原意是当成茶余饭后的闲聊,不过大概问得有些生硬。

十郎先生笑眯眯地回答:"我是在长崎出生的——"

"这么远?"

没想到十郎先生的故乡居然如此遥远。

"你去过吗——?"

"没有。不过,听说是个好地方。"

"是呀——,空气和这儿不一样呐——"十郎先生满是思乡之情地说道,"我想,肯定连阳光也不相同喔——。在太阳底下,那里的一切都是轮廓分明的呢——"

十郎先生说话的语调相当特殊,听起来却不像是乡音,那么……?

"您讲话没有乡音吧?"

十郎先生笑得无可奈何。"这是后来才学的呐——"

"后来才学的?"

"为了不让别人听出我的出身地嘛——,还有,也为了让对方感到恐惧——"

"感到恐惧?"

我完全听不懂。十郎先生讲话时拖长尾音的腔调,与其说是恐怖，更接近滑稽吧。我把这个想法告诉十郎先生，他却挑起了一边嘴角，若有深意地说道：

"不妨想像一下。假如我突然出现在你以前那栋宅邸的房间里，然后用这样的语调逼问秘密，你觉得如何呢——？"

我顿时心头一凛。十郎先生说得没错，倘若在那种情境下听到这样的语调，那种惊悚已不单是笑里藏刀，甚至到了令人作呕的程度。

"我们当年接受过各式各样的训练喔——。那一切严格、艰苦又令人发指的训练，换做是一般人，怕不再也没办法恢复正常生活喽——"

十郎先生仿佛正在俯视一处深渊，眼底隐隐涌动着晦暗的幽光。窗口分明洒入了和煦的阳光，可我却感觉脚底发冷。

"所以呢——"十郎先生忽地又恢复了和善的面容，"我才会格外期许自己喔——"

"期许什么呢？"

十郎先生伸手探入怀里，掏出香烟点了火，对我露齿一笑。

"期许自己守护这个祥和的国家，直到崭新的日子再度来临——"

我终于明白了他的用心良苦。十郎先生不单是来保护我的，也是为了守护这个好不容易才恢复祥和的国家，更

第二章 〈Tokyo Bandwagon〉

是放眼于日本的未来而奋斗。

我为了自己的肤浅而深感羞愧。光是思考该如何保护木盒跟自己,已经让我身份乏术,然而十郎先生、乔先生、玛丽亚小姐,他们都正在努力保卫一个更为远大的目标。

"幸夫人。"

"是。"

十郎先生吐出一口淡紫色的烟气,笑了笑,"这样做才对唷——"

"嗯?"

"你别多想,照现在这样做才对唷——。假如为了完成大我而牺牲了小我,就会重蹈这个国家的覆辙哩——"十郎先生看穿了我的想法,劝慰道,"先保护小东西,继而保护由小东西集结而成的大东西。应该这样才对呐——"说着,十郎先生兀自点头。

忽然间,厨房的后门传来喀的一声。十郎先生迅即挡在我面前护着,方才温暖的氛围立时烟消云散。透过门上的雾玻璃,可以看见一个模糊的人影。

"请问是哪一位呢——?"十郎先生问道。

咚咚的敲门声传来。玻璃的另一边出现了女性的身影。十郎先生示意我往后退,缓缓地开了门。

"啊!"

我吃了一惊。这不是乔先生的母亲,琼恩夫人吗?

"请问大名——?"

十郎先生没见过琼恩夫人。我连忙赶上前去,向她施了一礼。

"欢迎大驾光临。"

琼恩夫人朝屋里探了一眼,说道:"真热闹呀。"

"托您的福。请问今天是?"

"我知道,别紧张。"琼恩夫人说道,"我也接到了邀请函。"

"您也接到了邀请函吗?"

我不知道店里也寄了邀请函给琼恩夫人,应该是其他人写的吧。

"既然如此,怎好意思委屈您由后门进来——"

我正想讲请她从大门进来的时候,琼恩夫人从手提包里掏出了一只信封。

"我今天可不想见到那个野蛮人。"

琼恩夫人指的是勘一哥吧。

"可是,今天乔先生也——"

我话没说完,却见琼恩夫人凌厉地瞪了一眼,连忙闭上嘴巴。下一瞬,琼恩夫人似乎松了口气,换上了笑脸。

"这里面……"

"是。"

"放了关于亨利·安德逊的情报。"

第二章 〈Tokyo Bandwagon〉

站在我背后的十郎先生忽然撞到某个东西，发出了声响。怎么了吗？

琼恩夫人翩然转身，"跟那个叫乔的男人讲一声。"

"您请说。"

"这是我最后能做的一件事了。"

我来不及挽留，乔先生的母亲已经离开了。回头一看，十郎先生双眉紧蹙。

"那位夫人是——？"

"嗯……是乔先生的……"

"原来如此。这么说……"十郎先生点了头，赶紧从我手中拿了信封，透着光端详。

"请问亨利·安德逊，是什么人呢？"

"唔——"十郎先生沉吟片刻，凝视着我，"GHQ 参谋二部的 general——"

"General！"

将军？

十郎先生的食指在信封上弹了一下。"幸夫人。"

"嗯？"

"说不定，可以从这玩意儿上头——"

"怎么样呢？"

"得知你父母的消息呐——"

我不禁屏住了呼吸。

五

"没想到是亨利·安德逊……"乔先生双手抱胸,低了头沉吟。

"这可是一号大人物呢——,单凭我们,根本不可能掌握到如此高级的线索呢——"

"真有那么高级吗?"玛丽亚小姐问了十郎先生。

"要说麦克阿瑟的心腹,有好几个人;但这位亨利·安德逊正好相反,可以说是麦克阿瑟最大的宿敌哦——"

"宿敌?"

"唔。"连阿爹也点了头。

"开仓大吉"仪式在盛况空前中顺利闭幕。由于广邀嘉宾,人数众多,单是一天还不够,后来整整举行了两天,以至于结束以后费了好大一番功夫,总算整理停当。前前后后承蒙邻居们帮了很多忙,因此又办了一场小小的庆功宴,邀请了屋后豆腐店的杉田先生、对门榻榻米店的常本先生、巷子对面澡堂的松下先生还有祐圆兄等诸位,以聊

第二章 〈Tokyo Bandwagon〉

表谢意,直到隔天终于恢复了平时的生活。

这天晚上,乔先生把母亲琼恩夫人送来的信封拿出来,大家重又仔细读了一次里头的信文。

阿爹喝了一大口茶,继续说道:"占领军的头衔听似响亮,其实内部并非坚若磐石。简单地说,有不少家伙正虎视眈眈等着麦克阿瑟下台,其中尤以亨利·安德逊为要角。"

"如果我记得没错,其实,原本该由他担任最高司令官,前来接收日本才对呢——"

"哦,真的啊?"

玛丽亚小姐从信封里拿出那张相片,在手里搧了搧。影中人之一,便是那位亨利·安德逊。一同入镜的还有其他人,除了军人以外,也有拿着乐器的日本乐师,可能是在某家爵士乐俱乐部拍下的。

"至少,长相要比麦克阿瑟英俊多喽,对吧?"

玛丽亚小姐笑着问了和美,和美也笑着点头同意。

乔先生的母亲在信里提到,亨利·安德逊确实软禁了一对日本华族的夫妻,但她不知道姓名。

"的确没错。如果是他扣留了五条辻君,这一切都说得通了。"

"为什么呢?"勘一哥问了阿爹,"话说,这么厉害的家伙,干嘛要躲在幕后啊?既然足以和麦克阿瑟抗衡,大可站出来和他正面较量，不是很好吗？"

"目前，占领军正在协助日本制订一部新宪法。"

"嗯。"勘一哥点了头。

"当然，推动这一切的中心人物是麦克阿瑟。在制订完成以后，也会依照这部新宪法组成一个新内阁吧。换言之，日本的重生可以说完完全全是在美国的主导下进行的。"

大家的表情都变得有些黯淡。现在，我们没有主权，换句话说，日本这个国家并不存在。这样的窘境，即便像和美这么小的孩童都知道。

"勘一。"

"唔？"

"一个国家想重获新生的首要关键是什么？宪法吗？"

被阿爹点名问道，勘一哥略歪了头思索，"应当是该怎么振兴经济吧。宪法当然很重要，但说到底，所谓的国力，较量的其实是谁赚的钱比较多吧。"

"你说得对！用个极端的说法，今天的日本简直成了一部印钞机，而且是可以随心所欲、大印特印的印钞机。不管行径有多么嚣张，绝没有人敢吭一声。"

"谁教咱们打输了嘛。"玛丽亚小姐自嘲地嘀咕了一句。

"唔……"勘一哥说道，"原来如此。也就是说，安德逊那个家伙打的如意算盘是：与其和麦克阿瑟针锋相对，不如拱手让他站上舞台，自己就能好整以暇待在幕后大数

第二章 〈Tokyo Bandwagon〉

钞票喽?"

阿爹赞许地笑了笑,"就是这么回事。他把五条辻君扣在手中,也是基于这个理由。即便在财阀解体以后,五条辻君对财界的实际影响力依旧是无远弗届,更重要的是……"阿爹看了我,"五条辻君握有一件举世通用的杀手锏,足以在关键时刻撼动每一个日本国民。"

勘一哥、玛丽亚小姐和乔先生不约而同地望向我,精确地说,是望向我的背部。

"……与天皇陛下相关的文书。"

"是啊。"

乔先生叹了一声,"谁会想到,我们寻寻觅觅已久的人物,居然是我母亲的丈夫。"

"人生真是充满了讽刺啊。"

"是啊。"乔先生勉为其难笑了笑。

乔先生一直把母亲的事搁在心上,勘一哥和我都很担心,这件事会给他带来什么影响,所幸乔先生不但没有任何改变,甚至还对母亲不顾危险,特地来到这里通风报信,表示非常感激。

至于那笔钱,他也笑着收下了。乔先生的座右铭是善用金钱。不论钱是怎么来的,钱就是钱。金钱的意义取决于用途。

"不过哩……"勘一哥说道,"到这里呢,我还想得通;

可我不懂的是，为啥乔他娘会来告诉咱们这些消息哩？那不是国家层级的极高机密吗？即便是头儿的夫人，也不可能知道那些吧？"

"勘一。"

开口的是乔先生。

"干嘛？"

"我实在不晓得你是真聪明，还是假糊涂？"

勘一哥听了，气得板起了臭脸。

乔先生没好气的笑着说："信里不是写了，的确有对夫妻遭到软禁吗？这么一来，总得有人服侍他们吧？幸嫂子的令尊令堂可是华族人士呢。说不定以后还需他们鼎力相助，安德逊怎可能不善待他们嘛。"

"啊！"勘一哥朝膝头猛拍一记响亮。"对喔！这么说……？"

阿爹也点了头，"乔的母亲很可能直接或间接与阿幸的父母接触过，甚至是受阿幸父母所托，前来传递消息的。"

"是真的吗？"

我太震惊了！

阿爹看着我微笑，"首先，乔的母亲掌握了乔的动态。或许早在她来到日本之前，就已经知道乔也在这里了，而且这个推测的可能性极高。"

"是啊。"乔先生也点了头。

"于是，她进一步调查乔的行动，顺带也得到了咱们家的相关讯息。接下来,只要她知道自己的丈夫在做什么,一切线索就前后相扣了。"

一旁的十郎先生和玛丽亚小姐听得连连点头。

"乔的母亲一来同情阿幸的父母,再者也担心儿子的安危。然而,她的身份使她无法轻举妄动,因而不能泄漏机密的详细内容。我猜,她唯一能做的,只有在五条辻夫妻的恳求下,帮他们确认独生女阿幸依然平安活在世上。至少,从勘一和玛丽亚的转述,我认为乔的母亲应该是这样的人。"

阿爹说得对,我也有同感。琼恩夫人绝不是坏人,也不是个无情的人。乔先生也点了点头。

"既然如此,咱们该做的事就明摆着啦!"玛丽亚小姐说道,"大伙得动动脑筋,该如何接近亨利·安德逊,把小幸的父母给救出来!"

"不单如此哦——"十郎先生接口道,"还得避免和乔君的母亲有后续的接触呐——。万一危及她的立场,可就不好喽——"

大家都用力点了头。

❖　❖　❖

到了四月。院子里的那株樱花虽然都谢了,但在树下的雪柳依然绽放着许多小白花。

一连好几天，凉意甚浓，今天一早总算露出了暖阳，赶紧敞开书库的厚门，让里头换换空气。家里做的是古书的营生，最怕的就是湿气，偏巧纸张最会吸湿了。每隔一段时间，存放在书库里的庞大旧书就得搬出来晒太阳驱虫，这可是个粗重活儿。即便不如此大费周章的日子，也得像这样开门通风。

不过，毕竟书库位在院子后方，比较隐密，开着门的时候就得有人看着才行。今天一整天都由十郎先生和乔先生在檐廊一边下棋一边守着。

中午过后出了门的玛丽亚小姐，在傍晚回来了。一进门就见她一脸的笑容。

"回来了呀。"

"小幸！"玛丽亚小姐满面喜色，用力抓住我的肩膀。

"怎么了？"

"你会弹钢琴吧？"

"弹钢琴？"我点了头。我会弹。"从小就学，应该还可以。"

"你喜欢爵士乐吧？"

"喜欢！"

我很喜欢听爵士乐。最近常听到收音机的广播节目播放爵士歌曲，连和美都学会了，不久前还听到她哼唱

第二章 〈Tokyo Bandwagon〉

《Over the rainbow》*那首歌呢。和美唱起歌来真好听。

"你会用钢琴弹爵士乐吗?"

玛丽亚小姐一个又一个连珠炮似的问题,连一旁的阿爹也摸不着头绪。她到底想知道什么呢?

"用钢琴弹爵士乐吗?我虽然没弹过……"

我想,只要练习一阵子,应该会弹吧。毕竟爵士乐独特的节奏和氛围,只怕不是一朝一夕就能练成的。

玛丽亚小姐的双手终于放开了我,又回自己的腰际,兀自大大地点了头。

"小幸!"

"是。"

"我们要组成爵士乐团!"

"什么?"

组成爵士乐团?

"而且团名就叫'TOKYO BANDWAGON'!"

"原来如此哦——"

当晚,大家用完晚膳,围坐在一起喝茶的时候,玛丽

---

*《Over the Rainbow》是 1939 年音乐电影《绿野仙踪》(*The Wizard of Oz*) 中的歌曲,由哈罗德·阿伦 (Harold Arlen, 1905-1986) 作曲,E.Y.哈伯格 (Edgar Yipsel Harburg, 1896-1981) 作词,获得同年奥斯卡最佳原创歌曲奖。

亚小姐开始谈起了她的计划。

"原来,那位安德逊将军这么酷爱爵士乐啊?"勘一哥问道。

玛丽亚小姐点了点头,"他自己好像也会吹萨克斯风。"

自从得到了情报的那天起,乔先生、十郎先生、玛丽亚小姐以及阿爹无不绞尽脑汁,试图找到能和亨利·安德逊搭上线的方式。后来,玛丽亚小姐终于由音乐伙伴那里打听到,安德逊在爵士乐上的造诣很深,甚至还亲自组了一支爵士乐团,举办过演奏会。

"这一切多亏有乔的母亲拿来的那张相片!"

"不过,我从没探听到安德逊曾经到过哪家歌厅去听歌啊。"乔先生说道。

"关于这一点呢……"玛丽亚小姐沉下脸来,偷偷朝和美投去一瞥后才说,"接下来的讨论,别把话挑明了说吧。草平老爷听过'光全俱乐部'吗?"

阿爹的脸上顿时蒙上了一层阴影。"原来是那里……"

"阿爹,怎么啦?"

看来,勘一哥也不晓得那地方。但乔先生听了以后挑起右眉,十郎先生则是闷哼一声之后点了头。

"我只听人提过,没想到真有那地方!"

玛丽亚小姐耸了耸肩,"应该不假。因为有人问过我要不要去嘛。"

第二章 〈Tokyo Bandwagon〉

"喔——"十郎先生颇有同感,"以玛丽亚小姐的歌艺和美貌,自然是当仁不让的不二人选喽——"

听到这里,我似乎隐约猜到了那家"光全俱乐部"是什么样的地方了。玛丽亚小姐约摸看见了我的表情,附耳过来低声说了句"军方专属高级妓院"。

果然是那种地方!在座的和美始终没有多问半句。她是个机灵的孩子,单从大家的神情举止,应当猜出了这个话题儿童不宜。

"那地方严禁日本人进入,唯一能进去的只有陪酒的女子和乐师而已。听说有好几个企图潜入搜集资料的记者,隔天都成了水流尸呢。"

"唉。"阿爹叹了一声,摇了摇头,"真悲哀。哪个国家都一样,背地里干的勾当同样见不得人哪。"

"玛丽亚,这么说,莫非那地方是由……?"勘一哥问道。

玛丽亚小姐缓缓地点了头,"有人说,掌管那地方的是安德逊本人。"

"那么,幸嫂子的父母也很可能是被软禁在那里吗?"乔先生问道。

阿爹也点头同意。"那个俱乐部的所在位置,就是传闻中的那里吧?"

玛丽亚小姐点点头,"所以我才说要组成爵士乐团嘛!

我们先组成乐团,到各地的俱乐部登台,打响知名度。这么一来,安德逊一定会派人和我们接触的!"

"原来是这个打算啊——"十郎先生抱起了胳臂,"用这种方式进去里面最自然,也容易接触到安德逊。只要能够进去,接下来的搜索就易如反掌喽——"

"这主意不错。"

"好处还不只一桩咧!"勘一哥兴奋说道,"根本不必咱们四处卖脸,只消打着玛丽亚重出江湖的招牌,马上就会造成轰动哩!这可是大名鼎鼎的歌姬玛丽亚咧!"

阿爹、乔先生和十郎先生听了都点头同意。

"这样的话,"阿爹接口道,"主唱是玛丽亚,钢琴是阿幸,萨克斯风是乔,鼓是十郎,贝斯是勘一吧。"

"草平先生也很会弹吉他呀?"

"不了,我这把老骨头还是歇着吧。"

阿爹的这番安排听得我目瞪口呆。乔先生会萨克斯风,由他一贯的洋派作风还可以想像;阿爹会吉他,毕竟在英国住过几年,也算是上流社会的雅兴。问题是,十郎先生会打鼓?勘一哥会弹贝斯?

"勘一哥,请问……"

"啥事?"

"您会弹贝斯呀?"

说来抱歉,可我实在无法想像。勘一哥看着我,忍不

第二章 〈Tokyo Bandwagon〉

住哈哈大笑。

"看不出来吧？唔，这也不能怪你啦。"勘一哥望向阿爹，"从小就被这位附庸风雅的老爹给逼着学的。起初是小提琴，可那种小不溜丢的玩意儿，我实在弄不来，后来就拜托阿爹让我改学贝斯啦。"

"您也会拉小提琴？"

乔先生笑得前仰后合，"幸嫂子，你对自家丈夫知道的未免太少了吧？"

"对不起。"

可是，没人告诉我呀。

乔先生又接着说："勘一这家伙瞧着像个粗人，其实才华洋溢，从音乐、绘画、文学到艺术，样样精通。我虽不愿承认，但在这些方面确实不是他的对手。不过，他本人压根没拿这当回事看，简直是暴殄天物。"

"要你管！"

勘一哥点起了烟，赏了乔先生一个白眼。

"小幸，其实没关系啦，你跟勘一赶快生个宝宝，让那孩子继承老爸的才华，变成一个天王巨星不就得了？到时候只要忙着数钞票就行啦。"

"你也给我闭嘴！"

勘一哥整张脸都涨红了。其实我的面颊只怕也同样染得绯红。阿爹则是满面笑意地看着我。

"好了,捉弄勘一就到此为止吧。我还有另一个提议。"玛丽亚小姐打住了调侃。

"啥?"

玛丽亚小姐忽然把双手重重地搁在始终聆听我们交谈的和美肩上。

"我?"和美一脸的莫名其妙。

"和美也要一起当主唱!"

"啥?"和美的眼睛瞪得更圆了。

"我从以前就觉得,和美唱歌的功力远远超越一般的小孩。"

"唔……"勘一哥沉吟了片刻,"可我说,即便和美歌唱得好,这提议未免……"

"这是作战策略呀!"

"作战策略?"

玛丽亚小姐用力点头,"纵使我重回歌坛足以引发话题,却不能保证一定会引起安德逊的兴趣。可是,如果是和美站在舞台上演唱爵士歌曲,我敢保证一定会造成轰动,这消息绝对会传入安德逊耳里的!"

"有道理!"阿爹精神为之一振,"这也许是个好主意。"

"阿爹,真的吗?"

"即便你们的乐团成了话题,比你们更为出色的乐团光是在东京就多不胜数了。我虽不愿意让孩子跟着蹚浑水,

第二章 〈Tokyo Bandwagon〉

可只要和大家在一起,应该不会出什么问题。"

说完以后,阿爹看向阿娘征求同意。其实,在堀田家,纵使阿爹和勘一哥有多么起劲,最终的决定权却是掌握在阿娘的手里。阿娘先是看看我,又瞧见闪耀在和美眼中跃跃欲试的光彩,于是笑吟吟地点了头。

"真拿你们没办法哪。和美也是咱们家的一员,想必也想为阿幸尽一份心力吧。"

"嗯!"和美大声回话。

"不过,勘一。"

"唔?"

"你得用自己这条命来保护和美喔,当然也要保护阿幸。"

勘一哥使劲攥紧了右拳,"我知道啦!"

阿爹看着我,"假如这个计划果真成功,你们得以进入'光全俱乐部',到时候,阿幸——"

"是。"

"不好意思,得请你担起一项重责大任了。"

是什么样的重责大任呢?当然,只要能够找到父母,我什么都愿意做。

"因为熟知'光全俱乐部'内部隔间陈设的,只有阿幸一个人而已。"

"咦?"

阿爹脸色一沉,"那里是,东集济先生之前的宅邸。"
"是姨丈大人的……?"
这消息太令我震惊了。那栋富丽堂皇的府邸,居然沦为一处低贱的青楼!

终章

〈My Blue Heaven〉

一

早前耳闻银座一带已逐渐换上了崭新的样貌，果然不错。数不清的车辆及大板车穿梭往来，街头人山人海。听说前些日子商圈的店家还举办了酬宾特卖以庆祝复兴，盛况空前。

好久没来银座了。虽有不少建筑物被占领军征收，可也有些老字号纷纷恢复营业了，比方伊东屋文具店已经重新开张，而LION啤酒铺和三越百货公司也正在加紧整修当中。

日本警察和美国宪兵一起站在四丁目路口的正中央指挥交通。我望着这一幕奇特的情景，思量着他们不晓得是如何分配工作的。

"喂，和美，别走太快，小心走丢啦!"

我和勘一哥带着和美，一起走在银座的人行道上。和煦的阳光晒得人暖洋洋的，悠闲漫步的人也多了起来，人人的脸上好似都挂着笑容。

终章 〈My Blue Heaven〉

"喔,《望乡》*正在上映哩!"

勘一哥望着贴在墙上的电影海报说道。我记得那是一部法国电影。

"主演的是让·加潘吧。"

"没错,正是他。那家伙真是个好演员,我挺喜欢他的咧。"

勘一哥外貌看来虽然有些粗鲁,其实对音乐、艺术和电影都很有兴趣,也颇有研究。从事古书店这一行,经手的书籍皆是各领域文化的精髓,倘若不具备相关知识和眼光,恐怕无法胜任吧。

"就在那里,从那条小巷子拐进去。"

只不过从繁华的大街转个弯,映入眼帘的赫然成了一间间临时搭建的木板屋。这里的喧嚣,截然不同于和马路上的闹腾。我们走一小段,再次转了弯,这回绕到路面那些大楼的正后方了。只见有几处土地空无一物,也有些地方还残留着坍塌的断垣,显露出未及复兴的窘迫境遇。

勘一哥在一座仓库前面停下了脚步。

"就是这里啦。"

---

*《望乡》(Pépé le Moko) 是一部 1936 年拍摄、1937 年上映的法国电影,由朱利安·迪维维耶 (Julien Duvivier, 1896-1967) 导演,让·加潘 (Jean Gabin, 1904-1976) 主演。

"是这里呀?"

原以为自己早已明白人生如戏的个中玄妙,看来还差得远哪。怎么也没有想过,我居然会在爵士乐团里担任钢琴伴奏。

为了避免启人疑窦,乔先生特地在人烟稀少的地方,觅得一处声音不会外泄的场地供大家练习——一栋坐落于银座中心的砖造仓库。我们决定住在那栋砖造仓库里集训十天左右,以免一群人进进出出的引来侧目。看店的事,就交给阿爹和阿娘两人了。

邻居那边,托称我和勘一哥带着和美回横滨娘家作客,玛丽亚小姐和乔先生也各自有事,暂时离家几天。至于十郎先生,本就神龙见首不见尾,因此无须多做交代。

"话说回来哩……"

勘一哥抱起胳臂,环视了仓库内部,跟在他身边的和美也有样学样,把两手抱在胸前。玛丽亚小姐和乔先生出去张罗接下来几天的生活所需用品,稍后就会过来了。

"他们的能耐我虽然很清楚,还是不得不佩服啊!"

"真的哪。"

仓库里摆放着全新的各式乐器,有钢琴、木贝斯、鼓,还有次中音萨克斯风,甚至还搭好了舞台,架好了麦克风。眼前所见的一切,全都是乔先生在极短的时间内置办妥当的。不单如此,玛丽亚小姐还嘱咐了那些誓死保护她的彪

终章 〈My Blue Heaven〉

形大汉们经常在仓库附近巡视,以防闲杂人等靠近。乔先生他们里里外外都做足了尽善尽美的安排,令人折服。

仓库里面好像接了瓦斯管,可以听见暖炉运作的声音。我们三人脱去了身上的外套,在乔先生找来的沙发上落座。由于和美先占了沙发的一端,我于是和勘一哥坐在一起。不过,我已经习惯了和他像真正的夫妻一样,并肩而坐。

"这玩意儿也是上等货哩!"

勘一哥说得没错。这张褐色的皮沙发,可以容纳我们三人一起坐在上头还绰绰有余,比起五条辻家会客室里的那张沙发更加气派。

"这些,花了很多钱吧?"

我不禁担心起来。堀田家虽说曾是财阀,可目前顶多算得上不虞匮乏,绝称不上生活优渥。再说乔先生尽管从事贸易工作,应该也不是个大富豪。

勘一哥咧嘴一笑,"别操心啦。等所有的事情都解决了以后,把库房里的书卖一卖,就可以还清啦!"

这话刺得我心口一痛。都怪我不好。大家这般掏心掏肺的,我却无以为报。勘一哥大概从我的表情读出了愧疚,连忙安慰我:

"不是讲过了吗,阿幸的父亲和咱们家的阿爹是拜把子兄弟嘛!帮兄弟的女儿一点小忙,算不上什么咧!你别那么难过啊。"

这番劝慰我虽听过很多次了，可那股心痛从来不曾稍减。见我低头不语，和美忽然从沙发上跳下来，蹦到面前拉起我的手。

"怎么了？"

"小幸姐姐和勘一哥结为一家亲就好了嘛！"和美笑得很开心。

"什么？"

和美接着拉来勘一哥的手，搁在我的手背上。眼下的情况总不好倏然缩手，我和勘一哥只得僵着不敢擅动。

"只要你们真的结婚，变成真正的夫妻不就得了！"

勘一哥的眼睛瞪得老大。

和美依然笑嘻嘻地往下说："乔哥哥说过唷！"

"讲啥？"

"他说，男人跟女人之间，不管谁欠谁钱，只要结了婚，就可以一笔勾销喽。"

"臭家伙！教坏小孩！"

勘一哥气得破口大骂。我实在忍俊不禁，噗嗤笑了出来。

"你还笑！"

"对不起。"

然而，我心里有个声音……。

"可是……"

"唔？"勘一哥看着我。

终章 〈My Blue Heaven〉

"万一，我是说万一。"
"唔。"
我有办法把心里的话原原本本地说出来吗？
"等到这些麻烦事全都解决、结束了以后……"
"唔。"
"假如我还想继续留在堀田家，算不算是任性呢？"
勘一哥全身僵硬，宛如成了一尊地藏菩萨雕像。和美一双眼睛瞪得圆大、闪闪发亮，死命猛拍勘一哥的手。
"和美，很痛耶！"
"勘一———！"
"啥？喔，呃，那个……"
勘一哥覆在我手背上的掌心，似乎突然冒出了热气。
"……那还用说吗……"
勘一哥凝视着我，整张脸涨得红通通。我不敢对上他的眼神，连忙低下头来，可也晓得自己同样一路红到耳根子去了。这话虽是从自己嘴里说出来的，实在羞死人了。
"……如果想留下来，当然欢迎得很！"
突然间，勘一哥霍地起身，飞快冲向乔先生准备的钢琴前面，猛然掀开琴盖。
"我也能弹一点哩！"
他往椅子一坐，双手搁上琴键，手指开始恣意游走。仓库里顿时洋溢着轻快的琴音。

"啊！"

和美喜滋滋地蹦了出去，开口欢唱：

"黄昏将近——，抬头仰望——，那灿烂的——蓝——天——。暮色渐浓——，终于回到——，我家门前的——小——路——。"

是《My Blue Heaven》！这首歌在美国很有名，传到日本以后，将歌名改为《我的蓝天》并且发行了唱片，老老少少都能哼上一段。勘一哥虽自谦钢琴弹得不怎么样，但那跳跃的弹奏方式，与轻快的曲风十分和衬。

和美真会唱歌。她并未刻意模仿谁的唱腔，而是用自己的方式很自然地唱出来，很有音乐天分。

就在这时候，仓库的铁门被推开，是十郎先生、乔先生和玛丽亚小姐回来了。三人手中都抱着满满的东西。看到勘一哥正在弹琴，和美正在唱歌，他们都露出了笑容。

"尽管不大——，仍是我甜蜜的家——。就在爱的阳光洒落下来的地方——，我深爱的家——，那里就是——，我的——蓝——天——。"

三人不约而同放下了手里的东西，乔先生拿起萨克斯风，在间奏吹出嘹亮的乐音。十郎先生坐到鼓组前，拿起鼓棒配合着节奏敲打。勘一哥朝我招招手，我赶忙跑了过去坐在他的身边，四手联弹几个小节以后，换我接下了钢琴的伴奏。勘一哥则背起贝斯，奏着和弦。

终章 〈My Blue Heaven〉

玛丽亚小姐悠哉地摆动身子，搂着和美的肩头，开口唱道：

"When whippoorwills call and ev'ning is nigh

I hurry to My Blue Heaven"

她那咬字精确、嘹亮动人的歌声，回荡在整座仓库里。和美也以尚待加强的英语发音，与玛丽亚小姐一同唱和。

"A turn to the right, a little white light

Will lead you to My Blue Heaven"

我的心头雀跃不已。真的好久没弹钢琴了，何况这是我第一次尝试这样的节奏。敲打在键盘上的指尖仿佛在跳跃，又好似在旋舞。

这和古典乐截然不同……对，这是一种可以全然释放情感的独特音乐！

"You'll see a smiling face, a fire place, a cozy room

A Little nest that's nestled where the roses bloom

Jusy Mollie and me and baby makes three

We're happy in My Blue Heaven

So happy in My Blue Heaven

Yeah, We're happy in My Blue Heaven！"

为什么音乐能够带给人们这么多欢乐呢？我记得这首曲子是一位美国作曲家写的。即便这是那个曾经彼此憎恨、势不两立的敌国所做的歌曲，却依然令人打从心底感到快乐与欢欣。

或许,那才是人类的本性吧。不分国籍和人种,但凡看到美丽的事物,都会觉得真漂亮;见到出色的事物,也同样会认为了不起。

我多么盼望和大家就这样一起演奏,直到永远。

终章　〈My Blue Heaven〉

二

"呼——"

步下舞台，正要前往休息室时，我听见乔先生吁了一口气。回到休息室里，我们之间的某一位说了句大家辛苦喽，勘一哥中气十足地回了一声"喔！"乔先生、十郎先生、玛丽亚小姐以及和美都以笑脸回应。

"TOKYO BANDWAGON"今晚的表演已经结束了。

"Hi，和美小妹妹，这是今天的礼物。"

在这处基地的俱乐部负责照看我们的布鲁诺中士，拿来四大包褐色的纸袋交给了和美。

"谢谢您！"

里面满满的都是糖果糕饼，从巧克力、口香糖、饼干、可可粉到甜甜圈，应有尽有。这些全是来听我们表演的美军官兵们送的。这一阵子，"东京BANDWAGON"已经变成附近小孩子们最喜爱逗留的地方了。因为这么多甜食根本吃不完，多数分送给大家共享。

"偶尔送瓶酒该多好哪！"玛丽亚小姐笑着从纸袋里拿出一盒甜甜圈，掐了一口送进嘴里。

"没办法啊——，谁教大家都是冲着和美来听歌的嘛——"十郎先生笑着说道。

乔先生脱下汗湿的衬衣，点着头说道："这些军人其实并不是自愿来到日本的。"

"唔？"勘一哥不解地望向他。

乔先生耸耸肩，"很多家伙的孩子都留在祖国没跟来。他们瞧见和美唱歌的模样，或许想起了远在故乡的儿女吧。"

我的想法和乔先生一样。实际上，每当和美唱起《My Bonnie》*这首慢板的民谣时，甚至有士兵会突然哭了出来。

"唉，是呀。"玛丽亚小姐心有戚戚焉地说道，"虽然我们成立乐团的目的不是为了抚慰人心，不过，不管是日本

---

*《My Bonnie》，全名 "My Bonnie Lies over the Ocean"，苏格兰传统民谣，在西方文化中有很高知名度，中译名《我的邦妮》。作者不详，1881 年在美国出版曲谱。歌中的邦妮指 18 世纪想要从英国人手中夺回王位、不幸战败后（1746 年）流亡海外的苏格兰王子查理（Charles Edward Stuart，1720-1788）。查理王子长得有点像女生，被苏格兰人昵称为"漂亮的查理王子"（Bonnie Prince Charles）——"Bonnie"在苏格兰高地盖尔语方言中是"漂亮"的意思。也许因为这样，才能顺利地男扮女装成为弗洛拉·麦当娜（Flora MacDonald，1722-1790）的女仆，辗转离开苏格兰故土，而这首《我的邦妮》就是为怀念亡命海外的查理王子而作。

终章 〈My Blue Heaven〉

人或美国人，若是音乐能带给人们些许安慰的话，也算是功德一桩喽。"

是呀，我确实有同感。音乐不分国界。纵使今天演奏爵士歌曲的我们是日本人，只要能够感动人心，依然能博得众多外国人不吝给予掌声。

勘一哥朝我肩头拍了一下，"走，回家吧。"

接下来，我们还得搭乘卡车，回到东京的家。时间已是十时许，深更半夜才能到家。尽管深知这样有碍和美的作息，可她现在已经是本团当红的灵魂人物，缺了她万万不行。

"好，出发啦！"

负责开车的光头大汉，亦即那位介山先生的手下海霸子喊了一声。乐器等登台道具全都搬上车了。为了让我们搭车时舒服些，经过一番改造的载货台上摆了椅子、铺了床垫。海霸子先生发动了引擎。

"和美，睡吧。"

"好——"

玛丽亚一声令下，和美立刻躺上床垫，盖上毛毯。勘一哥也把毯子递给我和玛丽亚小姐，自己则与乔先生、十郎先生一起坐守车尾。

接下来，卡车将在横滨的夜道上一路奔驰，返回东京。

一个月前,我们组成的爵士乐团"TOKYO BANDWAGON"临时加入了古川绿波先生在位于日比谷的帝国剧场举行的表演秀。多亏练习有成,观众报以热烈的掌声。

尽管玛丽亚小姐享有盛名,但观众的焦点还是集中在和美身上。才十岁的和美,巧妙运用拟声唱法与俏皮的动作,恰如其分地诠释了爵士歌曲,成为玛丽亚小姐的最佳搭档,自然博得了满堂彩。

从隔天开始,"东京BANDWAGON"接到了许多洽谈。那些人不是要订购书籍,而是想邀约乐团前去登台表演,委实让阿爹哭笑不得。

"看来,得找个经纪人才行喽。"

"这件事就交给我吧!"

玛丽亚小姐打了包票。她找来的是曾经到过咱们家的那位光头大汉。

"还得多找一两个保镖才安心哪。"

于是,我们有了三位经纪人随行,陪同我们四处登台表演。

我们不晓得这三位的大名,因为他们不愿透露,于是我们称他们为海霸子先生、山霸子先生以及川霸子先生。这三人同为光头大汉,相貌十分狰狞,然而面对我们时却宛如绅士。和美昵称他们"海伯、山伯、川伯",而他们也

终章 〈My Blue Heaven〉

很疼爱和美。

事实上,像我们这样组成了爵士乐团之后,据说必须透过某种非常复杂的组织从中安排,才能顺利进入各地的俱乐部表演。最主要的关键,操纵在一群被称作"仲介郎"的人们手里。

"哎,那些人啊,阿幸还是别知道比较好。"勘一哥这样告诉我。

乔先生也点头附和,"有很多仲介郎比我身边的那些家伙还要危险呢。"

听说有些常上广播节目的当红巨星,身旁也围绕着不少这样的人。看来,想在五光十色的歌坛占有一席之地,绝不是一件轻松的事呢。

所幸,我们不单有玛丽亚小姐的父亲在背后撑腰,还有乔先生神通广大的人脉,在这方面不至于遇到刁难。况且我们也不是靠这个糊口的,自然减少了发生冲突的机会。

"还好一切顺利,否则连我也帮不上忙呐——"十郎先生苦笑着说道。

❖ ❖ ❖

尽管邀约不断,可我们总不能每天晚上都登台演出。店里的工作不可马虎,况且和美年纪还小。而且,玛丽亚小姐也说了,"先闯出名号,然后急流勇退,接着再重出江湖,这样才能吊人胃口唷!"

她说,这样的操作手法更能有效制造话题,比较容易传进亨利·安德逊的耳里。大家非常佩服玛丽亚小姐高明的手腕。

今天晚上没有表演的行程。乔先生也说了,先观察几天看看。因此我们又恢复了昔日的作息,店里的账台由阿爹坐镇,勘一哥和十郎先生到库房整理书册。我和阿娘一起打扫家里,和美则上学去了。

今天一早,阿娘就咳个不停,令我有些挂心。像现在我们两人正在收拾壁橱,阿娘也很难受地咳了好几回了。

"阿娘,还好吗?"

阿娘捧着心口,对我浅浅一笑。我这才想起,从两、三天前,阿娘的身子似乎就不大舒服。

"不晓得怎么回事,感觉也不像伤风。大抵是扬起的灰尘惹了咳吧。"

阿娘说,以前曾在打扫书库时,被厚厚的积尘给呛了,咳了好一阵子都停不下来呢,这回大概也是吧。

"可是,阿娘的脸色好像有点红。"

"是吗?"阿娘伸手捂了面颊,"哟,真的呀!"她嘟囔了一句,"手冰凉的,真舒服哪。"

也许阿娘发烧了。虽说季节已是春暖花开,可一不留

终章 〈My Blue Heaven〉

神,还是很容易染上风寒的。我请阿娘用完午膳后稍躺一下歇息。

"午膳,煮乌龙面好吗?"

"嗯,好呀。"

我想,在热热的乌龙汤面里掺些五香粉,应该可以暖暖身子。勘一哥吃乌龙面时,老是拼命似地往汤里撒上厚厚一层五香粉。我总想着,那样只怕尝不出汤头的鲜美滋味了。

"我说,阿幸。"

"是。"

阿娘阖上壁橱的门片,忽地噗嗤一笑。

"怎么了吗?"

"我呀,一直深信阿幸的父母一定平安无事的。"

"是。"

当然,我也同样深信不疑。

"所以呢……"

"嗯?"

"我想,他们两位一起平安归来,走进咱们家的那一天,应该很快就到了。到了那个时候呀……"

"怎么样呢?"

阿娘再次噗嗤笑了。"我先把话说在前头,免得到时候把你给吓坏了。那时,勘一一定会毫无预警就来上这么一招哪。"

"您的意思是?"

阿娘倏然摆出了跪膝齐手的动作。"他会说:请将令千金许配给我!"

"哎呀!"

阿娘的嘴角漾起了打趣的微笑,我的面颊却陡地涌上了红潮。

"那孩子向来沉不住气,我敢保证他一见到你父母,咚的一声就跪下去央求了。你得做好心理准备喔。"

我不知道该说什么好,只得一股劲地猛点头。阿娘也喜眉笑眼地点着头,准备起身。就在这个刹那……

"啊!"

"阿娘?"

阿娘忽然两腿一软,瘫回了榻榻米上,脸上的表情十分痛苦。

"阿娘!"

阿娘的状况有异!

"阿娘?您怎么了?"

阿娘似乎发不出声音,非常难受。我惊慌失措地跑到走廊,从窗口大声叫唤勘一哥。

"勘一哥!勘一哥!"

只见勘一哥三步并做两步冲出书库,猛然仰头看我。

终章 〈My Blue Heaven〉

"啥事?"

"阿娘她……!"

店务暂由玛丽亚小姐打理,阿爹、勘一哥、乔先生、十郎先生和我一齐来到了医院。乔先生和十郎先生自然是为了保护我而同行的。

大家坐在走廊的长凳上,默不作声等待着。阿爹和勘一哥正在房间里和医生交谈。

"不会有事的——"

不知不觉间,我两只手攥得死死的。十郎先生微笑着轻轻拍了拍我的手。

"美稻夫人非常坚强。"乔先生安慰了我以后,嘴唇紧抿成一条线。

乔先生从十几岁的时候,就认识阿爹和阿娘了。他曾经说过,他当自己是没爹没娘的孩子,所以把阿爹阿娘视若至亲,而他们也把乔先生当亲儿子般照顾。

"我想想那是什么时候的事了……"乔先生缓缓说道,"大概是我十七、八的时候吧。当时的我时常摆出一副黑道老大的派头招摇过街。"

乔先生说,那是一个寒冷的冬日。他有事找阿爹,来到了"东京BANDWAGON"。事情办完以后,正准备离开,阿娘说外头冻人,让他进来喝杯热茶再走。

"美稻夫人要我进去客厅坐着,给我一杯热乎乎的甜酒酿。"

乔先生喝了酒酿,暖了身子,打算告辞的时候,阿娘给了他一双毛线手套。

"她说,我总是穿得一身潇洒,可她瞧着就觉得冷。我虽称谢收下了,毕竟手打的毛线手套实在土气,怎配得上这一身西装呢。"

于是,乔先生只把手套塞进衣袋里,走入夜色已深的街头,没想到却因细故和几位凶恶之徒发生了争执。

"后来我们大干一架。我虽教训了他们好几拳,无奈寡不敌众。"

待乔先生苏醒过来,发现自己倒卧在小巷子里,钱包被抢走了,帅气的皮鞋被拿走了,西装也被扯得破烂不堪,更悲凉的是,天上正下着大雪。他觉得好冷好冷,身躯快要冻僵了。

"我暗叫一声不妙,这下子恐怕死定了,却突然觉得浑身上下只有一处口袋格外温暖。我狐疑地伸进去一摸,原来是美稻夫人送我的手套没被抢走,留下来了。"

乔先生掏出了手套,套在血迹斑斑的双手上。他说,真的好暖和。

"那双手套真的很暖,连冻僵了的手指也逐渐恢复了温度,我把戴着手套的手捂住面孔,整张脸也同样变得温暖

终章 〈My Blue Heaven〉

起来,眼前浮现了堀田家的情景,不知不觉间,我流下了眼泪。那一刻,我真恨自己不长进!"

说到这里,乔先生的眼眶湿了。原来曾经发生过这样一件事呀。

"那双手套呢——?"十郎先生问道。

乔先生有些不好意思地笑道:"现在还是小心翼翼地收着。不过,已经太旧了,不怎么能保暖了。"

"请阿娘再织一双!"我坚定地说道,"在今年入冬以前,请阿娘再帮您织一双吧!"

乔先生露出了微笑,"也对,就当是向自家亲娘讨东西吧。"

大家的目光,都紧紧盯在阿爹和勘一哥在里面聆听病情的那扇房门上。就在这个时候,咔嚓一声,门开了。阿爹和勘一哥走了出来。

"勘一哥!"

勘一哥看着我,点了点头,"没事的。"

医生说,阿娘得住院几天,于是阿爹和十郎先生留在医院里,勘一哥、乔先生和我先回家一趟,收拾一些住院所需的衣物用品,再送去医院。我们一到家,玛丽亚小姐跟和美立刻飞奔出来。

"怎么样了?"

勘一哥张开双手摆了摆，让她们别紧张，"暂时还没啥大碍啦。"

"暂时……？到底怎么了啦？"

勘一哥叹了一声，"不知道。"

"不知道是什么意思呀？"和美急得快哭了。

"现在还完全找不出原因，接下来得做详细的检查。"勘一哥的目光在我脸上逡巡，"当然，在还没确定病因之前，医生什么都不会说的。我在阿爹的面前，也不敢多说什么。别看阿爹好像很坚强，他可是打从心底深爱阿娘的。"

"勘一，到底是怎样，你把话讲明白啦！"乔先生也沉不住气了。

勘一哥虽然还是个学生，毕竟是立志习医之人，从医生的语气多少察觉了一些端倪吧。

"我猜，可能是血液方面的疾病。"

"血液的疾病！"

听起来好像是很严重的病哪。

"阿娘向来健康，忽然倒了下来，应该是急性的病症。你说，阿娘好像从两三天前身子就不大舒服了吧？"

"是。虽然症状都不严重，可阿娘觉得有些头晕、有点发烧之类的。"

"唔……"勘一哥点点头，"症状似乎挺吻合的。当然，

终章 〈My Blue Heaven〉

现在还没确诊喔,说不定是一下子就能治好的病哩。"

"都怪我——"

我想说的是,都怪我没能早些发觉。可话没说完,玛丽亚小姐抢着紧紧攥住我的手了。

"没的事,不准乱想!"

"对啊,阿幸。先不说那些了。我之所以特地把最糟糕的情况讲给大家听,就是希望你们先做好心理准备。"

"心理准备?"和美问说。

勘一哥让站着说话的我们先坐下来,于是大家围坐在矮桌前。

"大家都觉得阿爹值得信赖,事实上他也的确相当可靠。不论是身为父亲、身为男人,他都很了不起;不过,阿爹其实也有脆弱的一面。"

"啊!"

乔先生忽然想到什么似地喊了一声。他是不是知道些什么呢?

"你是说,令妹那件事吧?"

勘一哥用力点了头。他们说的是勘一哥那位在战争中过世的妹妹吧。

"一旦亲人遭逢变故,阿爹根本不堪一击。这一点,从阿妹那件事,我已经有了深刻的体悟。这其实算不上是什么缺点,但凡是人,这样的反应再自然不过了。问题是,咱们家眼下正值非常时期，所以说哩……"

玛丽亚小姐点了点头，"你的意思是，从今天开始，最好把草平老爷排除在战力之外，一切行动都得由我们自己来吧？"

"正是如此。……乔。"

"唔？"

"你去跟你家老大说明一下情况吧。阿爹的判断力暂时没法派上用场了，麻烦他帮忙给咱们家一些建议。"

"知道了。"

乔先生说，他待会儿就出门去联络。

"没问题，我家老大和美稻夫人也相熟已久了。"

"好。……阿幸。"

"是。"

勘一哥突然向我伏身一礼。"我想，从今天开始，在背后撑起这个家，就要变成你的工作了。抱歉，在阿娘回来之前，一切多担待了。"

听着勘一哥的央求，看着他的施礼，我心里有股难以言喻的澎湃逐渐窜涌而上。我可是"处变不惊的小幸"哪！

"勘一哥！"

"唔？"

"瞧您说的这是甚么话！"

"啥？"

终章 〈My Blue Heaven〉

"那还用说吗!"

我的语气顿时变得有些强硬。勘一哥、玛丽亚小姐、乔先生还有和美都有些讶异。

"我可是堀田家的媳妇、您的妻子!这种事为什么还得向我低头央求呢?阿娘不在家的时候,代替她打理这个家的,当然是我的职责呀!"

"哦,对喔……"

"大家一副哭丧着脸的模样,等阿娘回来瞧见了,一定会生气的。来吧!"我站起身来,"有好多事等着我们做呢!我去收拾阿娘的换洗衣物,和美,过来帮我喔。"

"嗯!"

"勘一哥麻烦去看店。乔先生,您要去冷狐先生那里吧?"

"喔,当然。"

"那么,我马上就把行李收好,麻烦载我一程到医院。"

乔先生一时有些不知所措,仍是点了头。

"小幸!"

唤我的人是玛丽亚小姐。

"是。"

玛丽亚小姐突然笑靥如花,扑上来把我紧紧抱住。这是怎么了?

"我就知道小幸最棒啦!我也要跟你一起去医院喔。"

三

自从阿娘住院以后,咱们家的生活起了一些小改变。我虽无法像阿娘那样,把一家大小打点得无可挑剔,但也竭尽所能为大家准备三餐、打扫洗衣等等。和美帮了不少忙,当然还有玛丽亚小姐。

相对地,我没法分身帮忙店里的工作。但勘一哥说,我来之前家里就是这样了,没问题的。

阿爹一直待在医院里照顾阿娘,一门心思全搁在阿娘身上,什么事也做不了。正如勘一哥说的,在各方面都无懈可击的阿爹,果真也有铁汉柔情的一面。

"不必担心啦,再过几天等医生找出了病因,家里就会逐渐恢复正常的。"勘一哥如此安慰我。

话虽这么说,毕竟阿爹不在家,我们乐团的演出活动也受到了限制。老实说,我也同样忧心忡忡,根本提不起劲到那种花花世界里弹奏钢琴。

与此同时,也等于我们失去了接近亨利·安德逊的手

终章 〈My Blue Heaven〉

段,没办法探听我父母的下落了。我心里非常矛盾。

总之,现在穷焦急也无济于事。

"放心,消息已经放出去喽。"玛丽亚小姐在晚餐时如此说道。

"放消息?"

玛丽亚小姐用力点了头,"'TOKYO BANDWAGON'虽然暂时休息一阵子,不过之后愿意接受任何地方、任何时候的邀约演出!"

"话说回来,"勘一哥说道,"那个由安德逊在背地里营运的'光全俱乐部',不就是,呃,那种地方吗?"

"是那种地方呀。"

和美正在一旁吃饭吃得很香甜,因此大人们只得含糊其词。

"现在说来是有些晚了,不过,把和美带去那种地方,妥当吗?"

"哎!"玛丽亚小姐笑了起来,"瞧你说的。那种事情当然是背地里的勾当嘛。表面上还是一间正正当当的俱乐部唷,听说连舞台都布置得美轮美奂呢。"

那地方曾是东集济姨丈的府邸。玛丽亚小姐读出了我的心思,问了一句:

"小幸,怎么样?你那位姨丈的宅邸,有地方搭设表演舞台吗？"

"有。"

我想应该没问题。

"那里有间大宴会厅。"

如果是那个场地，即便搭了舞台，应该还有充足的空间摆设观赏的座席。

"姨丈大人以前就是在那里举行舞会的，我想应该没有任何问题。"

"就是因为空间够大，才会挑中那里开俱乐部吧——"

说话的人是十郎先生。十郎先生说他身为情报部的人员，对所有的官邸宅院，全都掌握得一清二楚。

"那间大宴会厅用来当爵士俱乐部，实在过于豪奢呐——"

平日多半做和服装束的十郎先生，没想到爵士鼓打得非常出色。问了以后才知道，原来他曾经住过美国，爵士鼓便是在那里学的。这么一来，我总算明白他为何对西洋音乐知之甚详，尤其是称为爵士和蓝调的这类音乐，更是如数家珍，虽然我对那方面的音乐不大熟悉。

说来，仿佛冥冥中自有安排，来到堀田家的每个人，几乎都对音乐非常精通，只能说是老天保佑。

这时，后院的木门那边传来咔唧咔唧的声响。那是海霸子先生的暗号。玛丽亚小姐咦了一声，站到了檐廊。

终章 〈My Blue Heaven〉

"可以出来了。"

海霸子先生缓缓地现身。

"怎么啦?"

"用餐的时间打扰了,有件乐团的事必须向您报告。"

"坐着讲吧。"

玛丽亚小姐说着,径自在檐廊坐了下来。海霸子先生也躬身走来,在檐廊坐了下来。

"我不是说了,暂时没法表演吗?"

"可是这一回呢……"海霸子先生咧嘴一笑。

"莫非……!"

连乔先生和十郎先生也猛然站了起来。

"正是诸位说的那个'莫非'。"

"安德逊来接洽了?"

"正是。"

啪的一声,乔先生兴奋地打了一记响指。

"确切地说,是一个在安德逊手下名叫杰利的混血男子。他说,务必邀请'TOKYO BANDWAGON'前去演出。我问了他地点在哪儿,他说有些顾忌,不能讲。但他们会派人来带乐团过去。"

"这下子肯定错不了!"

我们真的能去那间叫作光全俱乐部的地方,也就是东集济姨丈的府邸了吗?

"只不过……"海霸子先生脸色一沉,"他说,他们邀请的只限乐团的成员,所以我们不能陪同随行。"

"这样啊。"

"他还说,当然,乐团的人身安全,将由美军负起全责,保证没有问题。"

玛丽亚小姐和乔先生对看了一眼,接着乔先生也和十郎先生交换了眼色。

"应该没问题吧——"

"是啊,不会有事。"

"不必担心吧。"

玛丽亚小姐、乔先生和十郎先生异口同声说道。听到他们这样说,让人觉得一切都不会有问题的,这感觉真不可思议。

"你马上去联络。说我们随时都可以登台,静候通知。"

"遵命。"海霸子先生应允后立刻离开了。

"总算等到这一刻啦!"勘一哥说道。

"是啊。"

"这得做妥充足的准备才行,事前也得做些安排呢——"

偏巧阿娘和阿爹都不在家里。尽管心里有些不安,但机会终于上门了——确认我父亲和母亲是否依然平安无恙的机会。

"首先哩,"勘一哥开口说,"咱们得要填饱肚子咧!"

终章 〈My Blue Heaven〉

四

"好一个女扮男装的美少年呀!"玛丽亚小姐说着,呵呵笑了起来,"小幸这身打扮真合衬。要是身材再高一些,就能加入宝塚歌舞团*喽。"

"您别取笑我了。"

我整张脸已经羞得通红,简直不像是自己的脸了。实在佩服玛丽亚小姐梳妆打扮的一流功夫。

"唔,这下子谁也不会想到弹钢琴的人是阿幸啦!"勘一哥也笑着点头。

我们正在光全俱乐部的休息室里。但是对我而言,这里是小时候经常来访的大宴会厅隔壁的贵宾室。我还记得父亲他们常在这个房间里玩牌消遣。

能够接到亨利·安德逊的邀约,前来光全俱乐部表演,

---

* 宝塚歌舞团是1913年创立的日本代表性的音乐剧表演团体,宝塚歌舞团的成员全部均为未婚女性,结婚即意味着要离开剧团,男性角色亦由女性"反串"。

是我们期待已久的计划，不过在期盼我们演出的观众当中，有许多位对我相当熟识。

于是，大家想出了这个主意。

玛丽亚小姐让我穿上男士的西装，描了眼线、在面庞刷了阴影颊彩、抹了发蜡固定发型、戴上帽子，乔装成一位美男子。况且台下的贵宾在听歌时都是喝着酒的，应该不会把台上的琴师和我联想到一块去吧。

"好，来确认一下流程！"

乔先生往前拉开身上的吊带，又松手啪的一声弹回去，笑着说道。玛丽亚小姐、和美、勘一哥、十郎先生，大家都来到桌边集合。为求慎重起见，他还是压低了嗓门叮咛。

"我们会上台表演两场，第一场结束以后可以休息二十分钟，但这么短的时间根本不够做什么。"

大家都点头同意。问题在于，第二场演出结束之后。事实上，乔先生、玛丽亚小姐和十郎先生已经安排了我们的替身在宅邸外面待命了。虽然长相不大相像，不过体态却非常神似，暗夜里应该不容易辨识出来。

"等到第二场表演完后，我们离开时趁机在后门的树丛间和替身交换，这样就可以利用他们搭车回家的时间，偷偷留在这里搜索了。万一到时被识破了，那就只好由勘一带着玛丽亚和幸嫂子冲进宅邸里，和美则拜托那些替身带

终章 〈My Blue Heaven〉

她逃跑,至于我和十郎兄……"

十郎先生点了头。

"为了掩护勘一和幸嫂子,我们两人会故意闹事来个调虎离山。这样听懂了吗?"

真的不会有事吗?——勘一哥已经再三叮嘱我不准再提这句话,所以我不敢问出口,但府邸里全是强壮的士兵们严加护卫,而且肩上还背着机关枪。

倘若是赤手空拳搏斗,乔先生和十郎先生矫健的身手自是不在话下,就连勘一哥和玛丽亚小姐也绝非泛泛之辈,这些我都明白;然而,纵使是武林高手,也绝不是机关枪的对手。

乔先生虽没挑明了讲,但我晓得他备了枪在身上。玛丽亚小姐和十郎先生也一样。我只能衷心祈祷,千万别动用到那种东西,求求上天保佑我们能顺利与替身交换,神不知鬼不觉地潜入府邸里搜索。

"那,时间差不多了。咱们还是得尽全力给客人一场最精彩的演奏!"

"好!"

和美笑得灿烂,将手举得高高的。大家也跟着笑了,举起手来为自己打气。

"Ladies and Gentlemen! TOKYO BANDWAGON!"

耀眼的镁光灯,打在玛丽亚小姐跟和美的身上。

玛丽亚小姐露出了娇艳的巧笑,和美则俏皮地鞠了个躬。单是这个亮相,已使观众爆出了满堂彩。尽管目的是不惜一死也要寻出我父母的下落,然而我们仍然决心尽情享受今晚的演出。

只要曾经拿着乐器、站在舞台上演奏,感受过台下观众的热情,那种喜悦真的很难用笔墨形容。而透过音乐和伙伴们结合在一起,同心齐力完成一项成就,更是令人开心和快乐。

我的手指紧张得僵硬了。离我最近的勘一哥给了我一个微笑,扬起一只手,示意我放松心情。我也点头回以微笑,甩甩手来抒解压力。第一首曲子《Take the "A" Train》* 是由我的钢琴独奏开始的。那是这首欢快的曲子奏出的第一个乐音。我深呼吸,然后微笑。

我和十郎先生对看,他敲打鼓棒,数了拍子。我的手指开始在琴键上弹奏起来。脑中什么也不想,轻快的节奏让我自然而然浮现了笑容。

玛丽亚小姐娇媚的嗓音,和美可爱的童声,乔先生嘹

---

* 爵士乐《Take the "A" Train》是"艾林顿公爵乐队"(Duke Ellington Orchestra)的主题曲,1929 年由比利·斯特雷霍恩(Billy Strayhorn,1915-1967)作曲,中译名《搭乘 A 号列车》。

终章 〈My Blue Heaven〉

亮的萨克斯风,十郎先生震撼的鼓声,以及勘一哥愉快的贝斯。我无忧无虑地徜徉在这片天籁之中,快乐地让手指滑过钢琴键盘。

真的好快乐。

音乐,真的能带来无比的快乐。

大家都面带笑容尽情演奏。多希望这段时光能永远永远持续下去。

演出前大家嘱咐过我,在台上,目光尽量不要和观众接触,以免惹来怀疑,所以我只偷窥了一眼,看到亨利·安德逊坐在第一排的正中央,笑得非常开心,看起来只像个随处可见的美国人。不过他虽坐着,还是高出别人一个头。在高大的美国人常中,应该算是特别巨大了。

我还看到了乔先生的母亲就坐在他的身边。虽然看不清楚她脸上的表情,但从她左右摇摆的动作看来,应当是在跟着打拍子。不晓得乔先生看到近在眼前的母亲,是否怀着五味杂陈的心情在演奏呢?

每一个人都有各自的苦衷。

尽管如此,大家还是为了我竭尽全力,齐聚在这里。直到表演结束,我们博得如雷的喝彩时,我那泛泪的眼眸,绝对不单单是得到掌声的缘故。

❖　❖　❖

我们躲在从后门进来不久的台阶下方。我悄悄抬起头，从墙上取光用的一扇小窗往外看，正好瞧见和美与那群替身搭乘的卡车，已经平安驶离大门了。一切顺利，没有引发任何骚动。在后门用了金蝉脱壳之计的我们，得以继续留在府邸了。

不过，和美回到家后，只剩孤伶伶的一个。因为阿爹去了医院，谁也不在。幸好还有海霸子先生会好好保护她。

我轻轻地舒了一口气，玛丽亚小姐随即往我肩上拍了一下。在她身后的是一面留神周围动静，脸上依然带着笑容的勘一哥、乔先生和十郎先生。

我点了头示意，勘一哥以眼神问了我该往哪边走？

我指向楼梯正面的走廊深处。大宴会厅坐落于府邸的正中央，左厢房以前是姨丈一家起居的房间，另一侧的右厢房则是客房。

假如我父母真是被软禁在这里，我认为应该是在设有书斋、家用厨房等空间的左厢房才对。最主要的依据是：这栋府邸现在被当作男女交欢的场所，利用右厢房的客房较为合适，父亲和母亲应当不会被安排在这一侧。

打前锋的是乔先生和勘一哥。两人弯着腰蹑手蹑脚跑过了走廊，探查了四周的情况。他们若没发现任何人，再

终章 〈My Blue Heaven〉

唤我们过去。

乔先生蹲在距离我们十公尺左右的走廊底，举起了一只手。我和玛丽亚小姐依照指示跑向他。十郎先生殿后，为我们守望后方的动静。

来到这里，走廊分成左右两侧。乔先生以手势问了我该往右还是向左。我指了左边。正要继续前进时，乔先生倏然静止不动了。

昏暗中，左手边的走廊底隐约出现了一个士兵的身影，朝我们走了过来。我们连忙找个角落躲了起来。

（怎么办？）

勘一哥低声问道。乔先生向玛丽亚小姐使了个眼色，两人缓缓地站了起来，玛丽亚小姐伸手勾住乔先生的手臂，装作迷了路的来客。这个应变计划事前就商量好了，希望能够顺利欺敌。

他们缓缓地迈步而行，开始以英语愉快交谈。我可以看到迎面而来的士兵慌张了起来。我怕得险些闭上眼睛，但大家都是为了我而挺身涉险的，我必须张开眼睛仔细看才对得起他们。

士兵开口叫住乔先生，只见乔先生一个闪身，眼前的士兵已经无声无息地瘫软下来，乔先生立刻抱住士兵的身躯，慢慢地放倒在地上。他这一击真的迅雷不及掩耳，我终于首度见识到"闪电拳名人乔"这个封号的由来了。

乔先生比划了个动作要我过去,我连忙碎步向前。

(这里是……?)

乔先生指着旁边的一个房间问道。我记得这里是姨丈的书斋。勘一哥轻轻地扭动门把,似乎没有上锁。他非常谨慎地窥看里面,确认房里没点灯也没人在,这才将士兵搬了进去,大伙也鱼贯进入。

十郎先生拿布条封住了士兵的嘴,又麻利地捆绑了手脚。这一连串利落的动作,让我有些吃惊。不愧是曾在陆军情报部待过的人,这些事十郎先生做来得心应手。

"幸夫人。"十郎先生以近乎嗫嚅的声音唤了我。

"我在。"

"既然进来这个房间了,不如顺便看一看有没有令尊曾经待过的迹象——"

我依照十郎先生的指示,在一片昏暗中,就着月光和其他亮着灯的房间流泄而入的光线,环顾了整个房间。窗前有张桌子,我走过去探看,一眼就发现了一件东西。

那是一支钢笔。

"这是……"我将钢笔拿到窗前,在月光下仔细查看。"错不了,这是家父的,上面刻着名字!"

乔先生和玛丽亚小姐听我这么一说,也过来一起确认。

笔盖上刻着"五条辻政孝"几个金色的字体。

"这是家父常用的笔,他总是随身携带,绝对错不了!"

终章 〈My Blue Heaven〉

"唔!"勘一哥点了头,望着我给了一个微笑。我不由自主抬手掩嘴。我虽试着让自己什么都不多想,但父亲的确就在这里,母亲应当也在一起。这支钢笔出现在这里,证明父亲还活着用它写字。我拼了命不让别人听见哭声,玛丽亚小姐轻轻地摩挲着我的背。

"这下子就能证实,阿幸的爹娘在这里喽!"

"是啊。"

就在这个时候,附耳在门上聆听动静的十郎先生快步走了过来。

"有人来了。我听到好几个人走过来了——!"

大家赶紧移动到房门前。我蹲在门边,勘一哥像是覆在我身上般趴在门上。的确可以听见几个人交谈的声音,似乎发生什么事了。

"他们已经发现这家伙不见了吧。"

乔先生指着躺在地上的士兵说道,十郎先生也点头同意。

"没想到这么快就发现了呐——。不晓得是碰巧,还是有人察觉喽——"

"不妙,这事闹大了!"

大家都面面相觑,点着头附议。

"勘一,幸嫂子交给你啦!"

"喔!"

"那扇窗子应该可以通到外面吧？幸嫂子，从那里出去以后，应该知道后门往哪儿跑吧？"

"知道是知道……"

勘一哥牵起我的手，准备往窗口走去。可是，乔先生、十郎先生和玛丽亚小姐他们……。

"那你们呢？"

乔先生露齿一笑，"不必担心啦。"

"你们快逃！"

"这里交给我们喽——"

玛丽亚小姐和十郎先生看着我微笑。他们到底想做什么？

"要逃的话，大家一起走！"

"阿幸！"勘一哥双手捧着我的脸，注视着我的眼睛，"要是你被逮了，一切就前功尽弃啦！"

"可是……"

我已经确认父亲就在这里了。再继续待在这里，只会增添大家的麻烦。

勘一哥用力揪住我的肩膀，"他们就算被抓到，只会当成一般的盗贼处理；万一是你被抓到，事情可就棘手了，所以——"

"所以，要我抛下大家自己逃跑吗？"

"不要白费了他们的苦心！"

终章 〈My Blue Heaven〉

这怎么行呢?

"快!快走!"

乔先生压低了声音催促。玛丽亚小姐刻意挤出灿烂的笑容,朝我挥挥手。十郎先生站在门前,手里握着状似手枪的东西。

勘一哥打开窗子,回头望着其他三人。我从没见过勘一哥如此痛苦的神情。乔先生摆摆手要我们快走。就在这一刹那,十郎先生用力打开房门,朝走廊冲了出去。玛丽亚小姐和乔先生也紧随着他一起冲。不到眨眼工夫,三个人已经消失无踪了。

我被勘一哥拽着直往前跑,泪水流个不停。我只能在心里祈求上苍保佑他们安然无恙,求求老天爷一定要让为了我铤而走险的他们平安归来。

就在这时,我听到了枪声。

"勘一哥!"

一声、一声、又一声,接连响个不停。

即便如此,勘一哥依旧头也不回,只管拉着我死命地跑。

五

勘一哥和我好不容易回到"东京 BANDWAGON"的时候,东方已经现出鱼吐白了。海霸子先生一夜未眠,等着我们回来。

"和美小姐睡得很甜,请放心。"

我虽松了口气,心里还是焦急得不得了。

"玛丽亚小姐他们……"

我把来龙去脉说给海霸子先生听,却见他不慌不忙,只用力点了头。

"请不必担心。大姐头不是那么轻易就会被抓到的人,您现在该做的是去泡个热水澡,暖暖身子,睡个觉。这样最好。"

"这样好。"勘一哥也点点头。

他们说,就算我苦撑在这里等候,身子也捱受不住,根本帮不上忙。我虽不认为自己睡得着,也只能依言照做了。

"等你睡醒了,阿爹也回来了。大家再商谈往后该怎么

终章 〈My Blue Heaven〉

做吧。"

勘一哥给我一个温柔的微笑,轻轻拍了我的肩膀。

迷迷糊糊中,有种异样的感觉促使我睁开眼睛。和美的笑脸几乎贴在我的面前。

"啊,醒了!"

"和美!"

稍早原以为自己毫无睡意,只是照着建议泡了澡、钻进被窝,毕竟从极度紧张的情绪中释放出来,终究还是睡着了。我立刻跳起来望向柱子上的时钟,时刻已接近晌午了。

"和美,其他人呢?"

"大家都在!"

我赶忙换了衣服下楼到客厅一看,大家正在那里喝着茶。乔先生、玛丽亚小姐和十郎先生一副气定神闲,有人翻看报纸,有人吞云吐雾。

"小幸,怎么啦?瞧你一脸慌里慌张的。"玛丽亚小姐露出了微笑。

"太好了!大家都平安无事!"

我不禁攥紧了玛丽亚小姐的手,在她面前瘫坐下来。笑盈盈的玛丽亚小姐温柔地抚着我的脸颊。"不是跟你说过了吗?不会有事的。"

"那种程度,顶多像参加运动会的赛跑罢了。"乔先生也掸着烟灰,笑着说道。

"可是，我听到了枪声！"

十郎先生喝了一口茶，蔼然笑道："在那样的地方，他们怎敢轻举妄动呢——？那是我们为了恫吓和扰乱的双重目的，故意开枪的嘛——"

我感到自己全身都虚脱了。

"太好了，太好了……"

我又忍不住哭了出来。

"小幸真是个爱哭鬼呀。"玛丽亚小姐温柔地搂着我的肩，"不过，谢谢你为我们那么担心唷。"

直到这时候，我才想起还没瞧见勘一哥。

"勘一他去医院接草平先生了。"

"去接阿爹？"

"我们总算拿到证据了。接下来得请草平先生和冷狐决定往后该怎么行动。"

十郎先生也点了头，"毕竟这是高度的政治问题嘛——。总而言之，大家能够安然无恙，可以暂时喘口气喽——"

十郎先生说得没错。现在可不是该哭的时候，我得振作起来才行。

◆　◆　◆

到了晚餐的时间，勘一哥终于回来了。迟迟不见他归

终章 〈My Blue Heaven〉

来，大家提心吊胆了一整天。但是，阿爹并没有和他一起回家。

"抱歉，让各位担心啦。"

勘一哥在矮桌前坐了下来，看起来有些疲惫。

"发生什么事了吗？"乔先生问道。

"没事。只是阿爹直接跑去冷狐先生那里而已。"

"是哦？"

勘一哥喝了一口我送上的茶，点着头，"阿爹那家伙，一看到那支钢笔突然精神抖擞起来，吩咐我留在那儿照顾阿娘，就拿着那支钢笔出去了，我左等右等就是等不到他回来。好不容易回来了，他又要我开车载他出去。"

"你们上哪儿去了？"

"唔……"勘一哥歪了歪脑袋瓜，"就说，是个不好说出口的地方吧。"

十郎先生眯起眼睛，朝乔先生那边使个眼色，"是他们的总部吧——？"

勘一哥抱起胳臂，点了头。"我说，乔啊。"

"干嘛？"

勘一哥露出了尴尬的笑容，说道："我以前不曾正式拜会过冷狐先生。他真是个了不起的人哩！"

"你现在才知道？"乔先生也笑了一下。

"难得见到像他那样不怒而威的人物。而且那股让人由衷折服的威严,必定是来自于他高尚的人格。我终于了解你为啥对他佩服得五体投地啦!"

"你能够体会这点,真叫人高兴呀!"

玛丽亚小姐和十郎先生也点头称许。

"去见冷狐先生的目的是什么呢?"我问道。

"阿幸啊。"

"是。"

勘一哥挪动了身躯直视着我,"关键时刻终于到啦!"

"你的意思是?"

大伙也跟着紧张地探出了身子。

"咱们要去见亨利·安德逊!"

十郎先生吃惊得往后仰,"要去见他吗——?"

"这决心还真大哩!"乔先生也很惊讶。

"我们真的可以直接和他见面吗?"

我只是一个平凡的国民,怎么有办法见到 GHQ 的干部呢?

勘一哥露出了贼笑,"前往邀约的是冷狐先生。不过,对方公务繁忙,没办法这一两天就敲定时间,冷狐先生尽量想办法在一星期以内安排妥当。而且,会面的地点也不是在咱们根本没法一窥堂奥的 GHQ 里面,而是在冷狐先生的别墅。"

"他的别墅啊。"乔先生深有同感地点着头,"在叶山

终章 〈My Blue Heaven〉

那里。"

"表面上是冷狐先生邀请亨利·安德逊前去密谈。听说,安德逊老早就想和身为日方的决策人物冷狐先生搭上线,会一会他了。所以,由冷狐先生出面,安德逊肯定会上钩。然后,阿幸就在这场会谈中现身,拿出那支钢笔,直接质问亨利·安德逊,要他把爹娘还回来!"

"天……!"玛丽亚小姐轻呼出声,逼问勘一哥,"这样太冒险了吧?"

乔先生伸手按住了玛丽亚小姐。"不,这不失为一记妙策哦——"

十郎先生也点了头,"毕竟拿着那只木盒的人是幸夫人,让拥有杀手锏的双方正面对峙,可以尽早分出个高下哩——。况且,幸夫人既非军人,也不是政府人士,只是一个担心父母安危的年轻姑娘罢了,安德逊反倒不敢轻举妄动吧——"

真是如此吗?

勘一哥也用力点了头,"这正是阿爹和冷狐先生得出的结论。那两个人可都是绅士哩,如果不是握有胜算,绝不可能让女子亲身涉险的哩!"

说完,勘一哥咧嘴一笑,我也点了头。我可是堀田家的媳妇。假如连阿爹和勘一哥的话都不相信,那又该相信谁呢?

六

我和勘一哥及乔先生到达冷狐先生的别墅时，已经是中午过后了。安德逊要到晚上才来，我们刻意提前来到这里等候。

由于安德逊方面应该会派人巨细靡遗地检查冷狐先生的别墅，因此我们藏身在离主屋有段距离的仓库里。

这场会谈，阿爹将以冷狐先生的友人，以及曾是日本财界巨擘——三宫达吉之长子的双重身份陪同与会，所以阿爹没有和我们同行，稍后才会到这里。

玛丽亚小姐跟和美留下来看店。十郎先生也运用他在情报部的人脉暗中支援我们，因此和我们分头行动。

至于那只木盒，正安稳地躺在玛丽亚小姐为我缝制的那件背心里，穿在我的身上。

为了不让我们三人的行踪曝光，我们把窗帘拉上，再覆上毛毯，台灯上面也盖着毯子，以免灯光外泄。我和勘一哥与乔先生就这么静静地等候那一刻的到来。

终章 〈My Blue Heaven〉

话虽如此,勘一哥毕竟是做古书店营生的,不忘携来好几本书打发时间。要是让旁人瞧见了现下的场景,尽管称不上优雅,至少会以为我们正在房里悠闲地享受阅读之乐。

我虽然同样摊开一本书摆在面前,却只是无意识地让铅字映入眼里,压根没读进心里。

"乔先生……"我轻轻唤了一声。

"什么事?"

"这样做,真的不会危及冷狐先生的立场吗?"

冷狐先生目前是日本和 GHQ 之间联系的重要管道。

"万一,会演变成那样的话……"

我想问的是,我是否增添了冷狐先生的麻烦,甚至导致日本发生不可挽回的严重事态。

乔先生笑了笑,摇了头,"别担心。冷狐虽是个充满温情的人,但其实还隐藏着冷血般的冷静,甚至可说是冷酷的另一面。在他的性格中具有截然不同的两种面向。"

"这样吗?"

"他的见多识广是我们所远远不及的。就广义来说,这件事他必定已经推算过其结果对国家有益,才决定这么做的。"

勘一哥也点了头,"阿爹是个绝不轻言赌博的人。当他放手一搏的时候,必定是胜券在握!"

不知不觉间，夜深了。

或许是紧张的缘故，我没有感觉到时光的流逝。事前准备的饭团不晓得什么时候都不见了。明知一定是我们吃掉了，可我一点也没有印象。

忽然，地板下面传来咔的一声。乔先生和勘一哥缓缓起身。接着，有块地板被往上推开，露出了一张男子的面孔。

"请。"

这间仓库和主屋之间建有秘密通道。据说，冷狐先生并非预先设想了这样的用途，只是出于他的童心，好玩罢了。

第一个进入地道的是乔先生，接着是我，勘一哥殿后。这条狭窄的地道连我都得弯着腰走，想必高大的乔先生和勘一哥走起来更加难受了。我们抵达别墅后已经走过一次，感觉得走上好久。这条地道会通往主屋的厨房。

良久，我们爬上梯子探出头来，映入眼帘的是一座陈旧的灶。领路的男子是冷狐先生的佣人，但我们没问他的名字。他缄默不语，领着我们继续往前走。

我们脱去鞋子，进入主屋。这栋别墅并不大，刻意打造成质朴的乡野风格。

男仆带我们来到一个房间，里面空无一人。他的视线落在前方一扇通往隔壁房间的门上。难道在门的另一侧，

终章 〈My Blue Heaven〉

便是安德逊与冷狐先生及阿爹会谈的地方吗?

男仆默默地走近那扇房门,附耳聆听房里的声音。他轻轻地点了头,招手要我们过去,接着从胸前的口袋里掏出一张小纸片来。

"由我敲门。听到里面说'请进',就请开门进去。"

我和勘一哥及乔先生读了纸片上的字句,点头表示明白了。男仆再次点头,伸手敲了门。

"请进。"

那应该是冷狐先生的声音吧。勘一哥开了门,走进去,我也随着他进入,最后一个进来的乔先生顺手把门带上。

房里摆着一张椭圆形的桌子,四位男士围桌而坐。

亨利·安德逊,另一位应该是他的随从。

阿爹,还有冷狐先生。

有那么一刹那,我险些将阿爹和冷狐先生看作是同一个人。他们两位给人的感觉十分神似。

勘一哥缓缓地施了一礼,我和乔先生也跟着欠了身。

"Who?"

我可以听见安德逊朝他的随从低声问了一句。

"(安德逊先生,请坐着就好。我来为您介绍。)"

冷狐先生同样说得一口流利的标准英语。安德逊点点头,目光再次回到我们身上。

"(左边那位男士是为我做了许多工作的乔·高崎。)"

乔先生再度躬身施礼。

"他是个贸易商,需要什么找他就对了。我想往后也一定能为你们效劳。"

安德逊露出了微笑,微微点头致意。

"(右边那位男士是这位堀田氏的长公子勘一君。他是医学系的学生喔。)"

安德逊略显惊讶,旋即露出了比方才更友善的笑容,点头致意。接着,安德逊将视线投到我身上。

"(接着是 Mrs. 堀田幸,勘一君的年轻妻子。)"

安德逊不作声地发出"Oh"的嘴形,满脸都是笑意。下一瞬间,他的表情骤变,身躯探向圆桌,眯起眼睛仔细打量我们的脸孔。这时,阿爹开口了:

"(您发现了吗?他们正是前几天在光全俱乐部演出的'TOKYO BANDWAGON'乐团成员。)"

安德逊闻言,皱起了眉头。阿爹又接下去说道:

"(而且,堀田幸结婚前的名字是五条辻咲智子。正是目前被你软禁的五条辻氏的女公子。)"

下一秒,房里响起巨大的碰撞声。那是安德逊惊讶得陡然起身,碰倒了椅子的声响。

终章　〈My Blue Heaven〉

七

"(安德逊先生。)"

冷狐先生比了个手势,请他落座。安德逊一句话也说不出来,喘着粗气,只管直勾勾地盯着我看,半晌才坐回了随从帮他扶起的那把椅子里。

"(真有意思,堀田先生。你说你现在经营一家古书店,难道日本的古书店还会策划这种闹剧吗?)"

安德逊已经恢复了镇定,甚至脸上还堆起了笑容。只能说不愧是见过大风大浪的人物了。

"(如果有必要的话,我只是遵行舍下的家规。)"

"(家规?)"

阿爹咧嘴一笑,"('举凡与文化、文明相关的诸般问题,皆可圆满解答'。人世间的森罗万象,尽皆囊括于书册之中。既然如此,经手各种书籍的古书店,自然得精通一切事物才行。无论是任何复杂的问题,只要逐项解开,终究会寻出答案的。)"

安德逊撇了撇嘴角,"(你的意思是说,你已经知道一切啰?)"

"(小媳阿幸站在这里,不就是最好的证明吗?)"

尽管勘一哥告诉我,既然是阿爹和冷狐先生做的判断,那就绝不会有任何风险,然而我还是紧张得浑身僵硬,两条腿犹如紧黏在地板上。

阿爹缓缓伸出手,从桌上取起了一直摆在自己面前的那支钢笔。

那不就是……?

"(安德逊先生,我从会谈一开始就使用的这支钢笔,上面刻着名字喔。)"

阿爹将刻有姓名的部分,转向安德逊给他看。

"(您大概不懂日文,这上面刻的是'五条辻政孝'这五个字。)"

安德逊依然面不改色,只直视着阿爹。

"(而且,这支钢笔是他们几个以'TOKYO BANDWAGON'乐团的身份受邀至光全俱乐部表演时,在那里的书斋发现的东西呢。)"

我不由得倒抽了一口冷气。这时,站在我身边始终不露声色的勘一哥,轻轻抓住了我的手肘,示意我保持镇定。

阿爹到底是做何打算呢?他把这件事告诉安德逊,不就等于承认我们曾经潜入俱乐部擅自搜索吗?这可是犯罪

终章 〈My Blue Heaven〉

行为哪!假使那里有美国宪兵驻守,说不定我们当场就会被宪兵抓起来。不,就算没有当场逮捕,也很可能在事后上门抓人。

然而,安德逊听了以后,只微微蹙了眉头。

"Ace。"

Ace?王牌?

冷狐先生轻轻地点头,回应安德逊的叫唤。原来冷狐先生还有另一个别号叫作"王牌"。

"(什么事?)"

"(这意思是,要和我做个交易?而且你们认为自己很有胜算?如果真是这样,我恐怕高估了你的能耐,得重新考量是否要和你合作了。)"

"(是吗?)"

"(这话是什么意思?)"

冷狐先生的嘴角漾起了微笑,"(您的确握有实权,而且只要一声令下,就可以动用几十个美国士兵对我们施压;不过,现在在场的只有我们几个而已喔。况且这里位处深山,还是我的地盘呢。)"

安德逊顿时脸色大变。冷狐先生朝阿爹使了个眼色,阿爹点了头。

"(犬子力气大,还是柔道四段,一般人根本不是他的对手。况且……)"阿爹看了我,笑了笑,"(为了挚爱的妻子,就算牺牲自己的生命也在所不惜。噢,对了,他还上过战场。)"

"(你想说什么?)"

"(而且,不知道是谁的遗传,这家伙胆识过人。若是为了伸张正义,区区一两个暴徒,他连眼睛都不眨一下就敢杀掉,弃尸荒野。那种事呀,我可做不来呢。)"

勘一哥顺势往前踏了一步,刻意转了一圈脖子,还把手指关节扳得霹雳啪啦作响。这段下马威似乎演得有些夸张,可阿爹说的也是实情。

"(这是威胁吗?)"

"(不。)"阿爹笑着回答,"(只是陈述事实而已。)"

安德逊气得凶颜怒目。

冷狐先生看向我。"幸夫人。"他的声音很温柔。

"不敢当。"

冷狐先生含笑点头,"还没向你致意,失礼了。可以麻烦你把身上那只盒子拿出来吗?"

他要我把木盒拿出来?

勘一哥和乔先生的目光同样落在我身上。阿爹朝我缓缓地点了头。我于是脱下背心,把藏在里面那只木盒拿了出来。

自从穿上背心的那一天起,木盒就一直藏在暗袋里。盒盖上精巧的木块拼花,在天花板的水晶吊灯映照之下

终章 〈My Blue Heaven〉

闪闪发亮。

"请放在桌上,没关系的。"

我依言把木盒摆到桌上。冷狐先生开了口:

"(安德逊先生,这就是传闻中的那个盒子。)"

安德逊倒吸了一口气。

"(您洞烛机先,知道那里面装了什么,并且把拥有这只盒子的五条辻氏软禁起来。只是很遗憾地,您没能将盒子抢夺到手。)"

是的。而且木盒里面的物品,迄今还没有任何人看过。

"(我听不大懂你在讲什么耶?还有什么软禁的,根本与我无关啊?)"

安德逊一脸贼笑。冷狐先生把视线投向乔先生,扬了扬手。乔先生点头,从衣袋里掏出一个小玻璃瓶,靠近桌子。接着,他打开瓶盖,拿到木盒的上方。与此同时,他另一只手里也握着一只打火机。这时,我嗅到了一股臭味——玻璃瓶里面装的,竟是汽油!

"(安德逊先生。)"

开口的人是阿爹。

"(倘若经济没有复苏,就无法获得与海外诸国相当的国力。考量日后的世界局势,唯有提升我国的经济力量,方为获得不流血和平的唯一手段。就这点而言,我很同意您的想法。)"

"（完全正确。）"冷狐先生点头赞同，"（您希望成为这个国家的领袖，然而已经由别人掌握了实权。所以您转而选择退居幕后，掌控台面下的经济活动。事实上，您愈是从这个战败国身上中饱私囊，愈是促使这个国家产生丰饶的经济力量。换言之，您竟已成为今天的日本想要获得重生的必要之恶了。）"

"（必要之恶？这真叫人意外呀。不过，这个说法倒是值得一听，往下讲吧。）"

"（您计划一方面储备自己的力量，到了关键时刻，就利用这只木盒里的物件一举跃上台前。然而，您也明白，木盒里的物件同时是一枚威力强大的未爆弹。倘若亮出这张底牌，可以拉下麦克阿瑟，由您取而代之；但是，一旦让怀忧丧志的日本国民知道了这物件的存在，想必会再度激发出他们的爱国情操。这件文书的内容，就是具有如此强大的震撼力！）"

"（原来如此。这见解真有趣。）"

"（您深知我国国民的民族性。虽是一群愚众，却秉持高风亮节。倘若木盒里的文书广为周知，我国的武士们必定不得不重新握起那把入鞘的宝刀，即便面对的是无谓的牺牲，这些武士们这一次也非得战到最后一个人倒下为止。换句话说，您绝不是个好战的军人，也不是个杀人魔王。参与这场血流成河的战争，应当绝非您的本意。）"

终章 〈My Blue Heaven〉

"(那是当然。)"安德逊用力点头,说道,"(尽管我们互为在战场上拼个你死我活的敌人,然而我们也和你们一样是人。我们有欲望,当然也有慈悲心。我们并不希望无谓的杀生。)"

一股肃杀的紧绷气氛笼罩着整个房间。揭开了瓶盖的玻璃瓶,在乔先生的手中握得稳稳的。冷狐先生的手指抵着嘴唇,缄默地注视安德逊。勘一哥的脚跟些微抬高,宛如一头蓄势待发的野兽。

"(木盒里的文书,是由那位众多日本国民尊崇为世上唯一的神君,呕心沥血写下的祈愿与苦恼。如果能在最巧妙的时刻加以运用,或许可以得到莫大的权力与财富。然而,一旦用错了时机可就前功尽弃了。知道文书内容的,世上只有两个人,一位是撰写文书的本人,另一位是五条辻君。)"

所有人都屏气凝神。在这个房间里,唯一在动的只有阿爹和安德逊的嘴唇而已。

"(写下文书的本人,自然不可能让人知道有这份文书。换言之,能够向世人证明盒里文书真伪的,只有五条辻君一个人。所以您在第一时间采取行动,先把五条辻君扣押起来,尽管没能顺利取得最重要的盒子,但即便被其他人拿到了,只要出来宣称那是假造的即可。虽然为求保险起见,您还是企图拿到木盒,不过判断现下的时机还不适合强取豪夺。何况……）"说到这里，阿爹顿了顿，又以平静的语调往下说，"（五条辻君已经被您囚禁在光全俱乐部里了。我说得没错吧？）"

安德逊只轻吁了一口气。"Ace."

"（什么事？）"冷狐先生脸上带着微笑。

"（看来，这个国家除了你以外，还有几个同样桀骜不驯的人哪。）"

冷狐先生两手一摊，耸耸肩。

安德逊大大地点了头，说道："（的确，五条辻子爵正在我那里作客。我说的作客，绝不只是比喻的说法罢了。）"

我悄悄地舒了一口长气，总算搁下心上的那块大石了。之前虽然深信父母不会有事，但终于从安德逊的口中证实了这条好消息。

"（当然，我们从不认为您会粗暴对待他们。在此，安德逊先生，我们想做个交易。）"

"（交易？）"

"（我们不会提出立刻释放五条辻夫妻这种只对我方有益的条件。就现状看来，手中握有他们，应该是您当前最关键的一张王牌。不过您也认为，现在并非利用五条辻君与盒里文书的最佳时机。既然如此……）"

安德逊将拳头抵着嘴唇，手肘支在桌面，平静地聆听

终章 〈My Blue Heaven〉

阿爹的建议。

"（既然如此？）"

"（首先，我们希望继续维持现状。）"

"（维持现状？）"

我不懂，什么叫维持现状呢？

这时，阿爹看向我，"（阿幸。）"

"（是。）"

"（我同样认为，维持现状是目前的最佳方案。既然是最重要的王牌，安德逊先生就不可能让五条辻君离开。任凭我们用尽各种手段营救，也只是徒增伤亡，根本不可能救出他们，反倒落得遭到歼灭的下场，这是身为战败国的悲哀。然而，只要木盒在我们手中，我方也等同于拥有一张王牌。我方才说过了，五条辻君和木盒里的文书，在目前的时点只是一颗威力强大的未爆弹，只能静静地守护，绝不可轻易引爆。到这里，你还听得懂吧？）"

"（听得懂。）"

"（五条辻君的人身安全，暂时交由安德逊先生看护。不过，他必须比以往更加善待，奉为上宾才行。）"

听到这里，勘一哥皱起了眉头。

"（等适当的时机到来，也就是安德逊先生不再需要五条辻君的时候，我们会把这只木盒连同里面的文书一同焚毁丢弃，与此同时，请他释放五条辻君。）"

"(这……)"我忍不住问出声,"(那样的时刻,真会到来吗?)"

"(会!)"

冷狐先生和阿爹同时信誓旦旦地回答。两人看着彼此点头,由冷狐先生接口道:

"(那就是当这个国家再次恢复我国的身份,重新站起来的时刻!)"

阿爹探向了桌前,"(安德逊先生,您接受这项交易吗?)"

安德逊先生笑了,而且笑得后仰前合。"(假如我摇了头,你们就要在这里把这个盒子烧掉吗?这样一来,你们就失去手中的王牌了;而我,不但握有五条辻氏,还知道了五条辻氏千金的下落。我再多告诉你们一件事吧!)"安德逊看向邻座的随从,"(他从刚才就一直在桌下拿枪对着你们。当那个会柔道的想要飞扑过来的时候,只怕已经送命了吧。我这个随从同样是枪杀区区一两个人也不会眨眼的。所以,这项交易不成立。你们根本毫无胜算。)"

"(不好意思,这样做恐怕不太聪明喔,安德逊先生。)"

阿爹说完,乔先生随即稍微扭腰面向他们。可以瞥见有支手枪就插在他的腰际。

"(这个人被起了个绰号,叫作'闪电拳名人乔'。他

终章 〈My Blue Heaven〉

的拳击非常厉害,尤其是右直拳快得根本看不见出拳,这就是他绰号的由来之一。另一个原因是……)"阿爹比了个手枪的手势,"(他的枪法同样快如电光石火,就像闪电一般。您隔壁那一位,应该不可能同时开枪射中他们两个吧?)"

安德逊一听,气得直眉瞪眼,一副心有不甘的模样。

"(乔。)"

冷狐先生的手指动了一下,我还没转过念头,乔先生已经倾了玻璃瓶,并以打火机点了火。

"乔先生!"

我不禁放声大叫。不到转眼工夫,木盒已被烈焰包围。我急着冲上前去扑灭,勘一哥却把我拉住了。

"快打火呀!"

"阿幸!你看仔细了!"

木盒一瞬间就燃烧殆尽了。这下子我才明白过来。即便浇上汽油,木盒也不可能在转瞬间烧个精光。安德逊和随从同样看得目瞪口呆。乔先生纵身跳上桌面,抬起鞋底踏熄了烧完的灰烬,又翩然落了下来。

"(如您所见,)"阿爹开口说道,"(这只木盒是假的。已经被我们掉包了。而且您也看到方才阿幸的反应了,我们没让她知道掉包的事。阿幸不知道真正的木盒被藏在哪里。在那一天到来之前,我们就没打算告诉她。换句话说，对您而言，她已经是个毫无利用价值的女子，什么都不晓得的市井小民。）"

安德逊皱起了眉头。"（刚才那一幕，也可能是她的演技。）"

"（看起来像演的吗？果若如此，您最好把她带去好莱坞。想必她会是第一个得到奥斯卡金像奖的日本女星。）"

安德逊的喉咙深处传来一声明显的闷哼，接着是呻吟般的嗫嚅，"（那……谁才知道真正的木盒在哪里呢？）"

"（除了阿幸以外，在这房间里和屋外的其中某个人。）"

"（屋外的人？）"

安德逊起身走向窗户，拉开了窗帘。从我这边也可以望见窗外的情景。

外头燃着几堆篝火，映出了许多人的身影。我算不清那里有几个人还是几十个人。不过，站在最前面抬头望着屋里的是……。

"十郎先生！"

他是什么时候来到这里的？他身边的那些人又是谁？

"（刚刚，阿幸唤他'十郎'的那个男人，是一个曾经待过帝国陆军情报部的资深老手。不论是屋外的十郎与他身边的勇士，或者是在这里的乔，都是一群有志一同、不怕死的男人。假如您想用武力问出木盒的下落，势必要与这里所有的男人为敌。可就算我们被你逮住了，我也保证

终章 〈My Blue Heaven〉

绝不会有人吐实。当然……)"阿爹露出了微笑,"(即便连手无缚鸡之力的我,宁死也不打算说出木盒藏在什么地方。就算杀了我们全家人也一样。在这里的每一个人,统统下定了同样的决心。……喔,差点忘了讲。)"阿爹接着说道,"(坐在我旁边的这个人,可不知道木盒在哪里唷。)"

冷狐先生脸上也泛起了讪笑。

阿爹正了正坐姿,皱着眉头,以严峻的眼光注视安德逊,说道:

"(你和阿幸之间已经毫无瓜葛了,没错吧?)"

和我……毫无瓜葛……。

直到这一刻,我才终于明白了所有的一切。阿爹和勘一哥、乔先生,以及冷狐先生共同筹划的这场谈判,并不是为了要求安德逊释放我的父母。不,当然这也是他们设定的长期目标之一,但更重要的是,他们是为了让我从这件事里脱身,再也不必时时刻刻提心吊胆,从此得以安稳度日。

他们要把自从那一天起被重任压得喘不过气的我,从禁锢里解放出来。从这一刻起,知道秘密的只有他们,而我,只是一个什么都不知道的小女子。

他们不惜以自己的性命为赌注。

只为了换得我平安的明天。

我拼命忍住了泫然欲泣的泪水。

好半晌，谁也没有开口。

安德逊回到座位，向阿爹说道："（堀田先生，我想再确认一次。）"

"（请说。）"

"（这项交易的内容是：我可以从这里平安离开，但我必须保证从此不再将 Mrs. 堀田牵涉其中，就只有这项交换条件而已吧？）"

"（是的。与此同时，还希望由您散布已经取得那只木盒的流言。也就是说，美国已经握有主导日本的所有手段了。）"

"（原来如此。）"

"（如此一来，那些盯上阿幸的家伙，应该就会全部撤退了。应该没有傻瓜为了拿到箱子，胆敢和美国正面杠上。）"

"（五条辻氏在我这里作客的期间，你们会让木盒静静地躺在不见天日的地方吧？）"

"（您说得没错。我们绝对不会让它曝光的。）"

"（也就是说，即便日后在台面下为此出了小乱子，也不会牵扯到我身上来。……嗯，就我方而言，确实没什么坏处。）"

终章 〈My Blue Heaven〉

安德逊望向天花板,沉思了好一会儿,接着吁了一口气。"(我也挺爱惜自己的这条命。为了拿到盒里的文书而继续投入人力和时间,只是劳民伤财,看来很荒谬。)"说到这里,安德逊看向我,"(Mrs. 堀田。)"

"(是。)"

"(你或许是全日本最幸福的女性了,正如你的名字。)"

我的名字?

见到我有些讶异,安德逊再往下说:"(我也是致力于协助这个国家复兴的其中一人,多多少少学了一些日本话。你的名字'幸',就是英文里的 Happy,对吧?)"

"(您说得是。)"

"(有这么多男士为了你,和美国打了一场不流血的战役,而且还获得了全国胜利。)"

安德逊露出了微笑。不同于早前的笑意,其中充满了绅士风范。

"(我以星条旗起誓,在那一天到来之前,除了无法让你的父母自由外出,必定会殷勤款待他们。以外,我也保证往后绝对不会再找你的麻烦。)"

八

黑暗中，车子一路疾驶。

这是载着我、勘一哥、乔先生、十郎先生与阿爹返回东京的车子。我们搭乘的虽不是轿车，而是军用卡车，但载货台经过了改装，安装了座席。十郎先生便是搭着这辆车到冷狐先生的别墅的。

"阿幸。"

"我在。"

阿爹露出微笑，"调换木盒的事，非常抱歉，请原谅。"说完，阿爹向我施礼致歉。

"您千万别这么说！"我慌张地请阿爹把头抬起来，"我只是吓了一跳而已。"

乔先生、十郎先生和勘一哥都笑了。我真的压根想不出来到底是什么时候被掉包的。自从父亲把木盒交到我手上的那一天起，我应该不曾让它离开过我身边呀。

"唔，你总不能带着去洗澡吧。"勘一哥笑道。

终章 〈My Blue Heaven〉

这么说来,的确没错。

"我想,回去以后,玛丽亚一定会向你道歉的。"

"我知道了。"

我左思右想,只有这个可能了。不论是睡觉的时候,或是洗澡的时候,始终和我寸步不离的,唯有玛丽亚小姐一人。

"我想请问……"

"啥事?"

"可以让我知道,木盒藏在哪里吗?"

众人互相交换了眼色。

"你知道我们不能说吧?"

"我明白。"

"可话说回来……"

"是。"

"其实咱们也不晓得哩。"

"什么?"

"真正知道的,只有阿爹一个而已。他只分别告诉咱们每个人关于藏匿地点的一部分线索。"

"一部分线索?"

十郎先生点了点头,"等到那天来临,我们再把各自的线索拿出来兜在一起,那时才会知道藏匿的地点哦——"

乔先生也点头附和,"当然,玛丽亚也知道一部分"。

"原来是这样呀。"

阿爹接口提醒，"大家暂时可得注意身体健康哪！"

"只有'暂时'要注意哦？"

"唔，一辈子也行吧。"

听到阿爹的玩笑话，大伙轰地笑开了。

"阿幸。"

"是。"

"那一天，当木盒里的文书化为普通纸片的那一天，一定会来临的。你要相信我们，静静等待。"

"好！"

那是当然。

勘一哥咳了一声，"阿爹。"

"怎样？"

"这件事，可以暂时放心了吧？"

"是啊。"阿爹点了头，"美方既然已经把所有的王牌都握在手里，就不会蠢到刻意掀起一番争夺战了。眼下还会闹事的顶多是一些流窜民间的小混混罢了。那些家伙，交给乔和十郎处理也就行了。"

"那么，介山先生那里的幸子小姐也……"

"是啊，往后就能高枕无忧喽。"

"这么说，我和阿幸不用再伪装成夫妻了吗？"

"是没必要了，不过，暂时维持现状比较妥当吧？"

终章 〈My Blue Heaven〉

乔先生眯起眼睛打量着勘一哥,忽然吹了一声响亮的口哨,露出笑容。十郎先生则瞪大了眼睛,嘴角浮现一抹贼笑。勘一哥只管拼命抓头。阿爹瞧着难为情的勘一哥,脸上同样泛起颇有深意的微笑。

"何必急在这种时候说呢?不过,依你的性子,怕是憋不住了吧。"说着,阿爹又笑了。

勘一哥忽然握着我的手,"阿幸。"

"是。"

"我们不要再假装结婚了。"

"是。"

"你愿意和我成为夫妻吗?"

所有人的目光都集中在我脸上。我羞得不知如何是好,不禁垂眼低头,却用力握住勘一哥的手。

"如您不嫌弃,往后还请多多关照。"

后来,勘一哥被玛丽亚小姐骂了个狗血淋头。

"你干嘛趁我不在场的时候求婚啦!"

❖ ❖ ❖

许多个日子,就这么安稳地流逝了。

安德逊答应我们,占领军不再觊觎那只木盒,也不会抓捕我了。他们对外宣称，木盒已经落入占领军手中了。一切计划都是在我不知情的状况下安排的。

不过，还是有无视于军事平衡的第三势力，也就是主掌黑市经济的另一群人，仍然怀疑该项情报的真假。这群人恐怕不会放弃继续寻找那只木盒，甚至对我不利。

因此，乔先生、玛丽亚小姐和十郎先生还是继续住在咱们家。所幸我们和安德逊派系达成的默契，形同得到了占领军此一强大的后盾，得以免去卷入血腥事件的危险。

上天保佑，阿娘的病不至于危及性命，但无法在短时间根治，医生建议暂时换个地方好好疗养，阿爹和阿娘于是搬去伊豆养病，"东京BANDWAGON"就交给勘一哥打理了。

"嘿，这一来，我等于荣任第三代店主啦！"勘一哥咧嘴笑道。

店里的书架已经摆满了旧书。不单是日本的旧书，由于阿爹还结交了许多外国友人，因此架上也摆放很多国外的杂志，使店里充满了缤纷的色彩。

我和勘一哥，还有和美、乔先生、玛丽亚小姐、十郎先生。

我们六个人，就这么待在家里与店里，度过热闹而快乐的每一天，一如日本走向复兴的历程。

日本的生活开始迈向富裕，街上洋溢着生气，欢乐

终章 〈My Blue Heaven〉

重又回到人们的脸上和心里。"东京BANDWAGON"同样有许多客人陆续回流了，包括往来已久的文学家和作家、求知若渴的学生，还有想要汲取海外时尚及风俗知识的服饰业者、记者们，各行各业的人们纷纷来到"东京BANDWAGON"这里。

在这样繁忙的日子中，我有了身孕。

是勘一哥的孩子。住在伊豆的阿爹兴致勃勃地说名字由他取，寄来的信上写着男孩名为"我南人"、女孩叫作"南"。

勘一哥问了名字的来由是什么？阿爹这样回答：

"因为我很想住在南方的国度啊。"

勘一哥勃然大怒，可我觉得这名字挺好——和阿爹一样，充满了浪漫情怀。

"话说回来……"

"啥？"

勘一哥端坐在店里的账台和来访的祐圆兄聊谈。

"你们到底几时才要举行结婚仪式啊？你说过，要在我家的神社办吧？"

勘一哥苦笑着望向我，我也微笑着点了头。

"等阿幸的爹娘回来再办。"

勘一哥告诉祐圆兄，我父母到很远的外国工作了。他说，等到很久以后我们能把那件事当成过眼云烟的时候，再跟祐圆兄说明。

"那,他们到底几时回来啊?"

"这个嘛……"勘一哥搓了搓下巴,望向门外,"唔,再过个两三年,还是四五年吧。"

说完,勘一哥看着我,露出微笑。

❖ ❖ ❖

一九五二年四月。

那位安德逊回美国去了。他寄了一封信给我们,上头只写了一个字:

"Over"

所有的一切都结束了。日本,终于又是自己的国家了。

接到信的三天后,我父母来到了"东京BANDWAGON",只是憔悴了一些。

远在伊豆的阿爹和阿娘,也赶回来参加在祐圆兄的神社举行的婚礼。当然,和美、乔先生、玛丽亚小姐、十郎先生,还有海霸子先生、山霸子先生、川霸子先生,甚至耗子先生也都特地赶来出席。其他还有几位我日后联络上的女校时代的朋友们,然后是街坊邻居,以及支持"东京BANDWAGON"的诸多主顾。

终章 〈My Blue Heaven〉

大家在神社院内拍摄纪念照时,相机忽然出故障了,照相馆的老板急得满头大汗,大家只得站在原地等待相机修复。就在这个时候,突然传来了悠扬的歌声。

是玛丽亚小姐。站在后面的玛丽亚小姐,笑盈盈地唱起了《My Blue Heaven》。和美随即一溜小跑,蹦到了大家的前方跟着合唱,乔先生也吹起口哨合音。玛丽亚小姐一开始唱的是英语歌词,唱到一半换成了日语。

尽管不大——,仍是我甜蜜的家——。
就在爱的阳光洒落下来的地方——,
我深爱的家——,那里就是——,我的——蓝——天——。

这时,十郎先生、勘一哥、阿爹,以及所有与会的宾客,全都开口齐唱。

幸福,就在每一个人的家里。这首歌唱出了这样的希望。

即便是在打了败仗的时候,每一个努力活下去的人心底的那盏希望之灯,始终不曾熄灭。

从今尔后,也绝不会熄灭。因为,我们的国家已经重生了。

大家笑着鼓掌,为我们的结婚献上了祝福。

在我和勘一哥的身边，还有个可爱的独生子我南人。
就在湛蓝的天空下。

我一面唱着歌，一面流下了幸福的、真正幸福的泪水。

于是，我在心里郑重对天发誓：从今天起，我，堀田幸，要在"东京BANDWAGON"走完这一生！

epilogue

一九六二年四月

　　我南人顺利进入高中就读。开学第一天，家里接到由住在美国的乔先生、十郎先生和玛丽亚小姐寄来了一只偌大的航空包裹，上面有三人的共同署名。

　　"这是啥？"

　　"是呀，不知道是什么呢。"

　　他们三人以往曾寄来美国的过期杂志和旧书，说是给店里摆着卖的，可这么大的包裹是头一回，而且收件人写的还是"我南人先生"。

　　我们猜着到底寄了什么东西来，一起打开了包裹，没想到出现的竟是……。

　　"哎呀！"

　　"嘿！"

　　是一把电吉他！而且是朱红和奶油白的双色涂装，漂亮极了。

epilogue

"这个好耶——"

乔先生、玛丽亚小姐和十郎先生还住在家里的时候,经常让当时还小的我南人听音乐,而且还会用后来就这么摆在家里的钢琴、鼓和贝斯演奏给他听。我南人总是开心得很,非常喜欢音乐。尤其是十郎先生,更是把我南人视如己出。这孩子说话时奇怪的语调,一定是从十郎先生那里学来的。

我南人一看到电吉他顿时两眼放光,立刻拿起来把玩。虽然还没有上弦,但包裹里已经附了非常多的吉他弦。

"太棒啰——"

"这么昂贵的礼物,收下好吗?"

"有啥不可?反正那些家伙也把我南人当成自家儿子嘛。收下、收下!"

"得写信向人家道谢才好。对了,我说,和美不也送了礼物给你,写信跟人家道谢了没?"

"对哦——,我没写耶——"

"父子一个样,懒得动笔哩!"勘一哥说着,呵呵大笑。

"老爹——"

"啥?"

我南人握紧了吉他,神气地举得老高,煞有介事地宣布:

"我啊——,要成为音乐家喔——"

"啥?"

"所以这间'东京BANDWAGON',就让我的孩子们继承吧——"

"啥跟啥啊?"

我南人笑着说,"所以呢——,老爹可得长命百岁,等到孙儿们长大成人,再把这家店交给他们喔——"

"嘿嘿!"勘一哥笑道,"那是当然,还用得着你讲吗?我肯定会长生不老,活到连曾孙都不耐烦了,直问这老不死的到底几时才要走咧!"

本作品之一切情节、人物、名称等虽有部分与史实相同，但原则上均为作者的创作与构思。相关风俗史的部分亦配合作品的世界观予以调整，望请谅察。此外，撰稿之时，承蒙惠予参酌下述资料：山田風太郎著《戰中派不戰日記》（講談社文庫）、滝大作监修《古川ロッパ昭和日记》（晶文社）、青木正美・西坂和行著《東京下町100年のアーカィブス　明治・大正・昭和の写真記録》（生活情報センター）、林忠彦著《カストリの时代》（PIE BOOKS），以及网络上许多关于第二次世界大战之后的昭和历史相关记述。在此谨对各方大作敬表赞佩，并且致上由衷谢忱。